SALUT AU GRAND SUD

Isabelle Autissier est la première femme à avoir accompli un tour du monde à la voile en solitaire. Elle est l'auteure de romans, de contes et d'essais, dont *Kerguelen* (Grasset, 2006), *Seule la mer s'en souviendra* (Grasset, 2009), *L'Amant de Patagonie* (Grasset, 2012), et, avec Erik Orsenna, *Salut au Grand Sud* (Stock, 2006) ainsi que *Passer par le Nord* (Paulsen, 2014). Elle préside la fondation WWF France.

Erik Orsenna, de l'Académie française, est l'auteur d'une œuvre riche, abondante et incroyablement variée tant dans ses propos que dans sa forme. Il est notamment l'auteur de *La grammaire est une chanson douce* (2001, traduit en 12 langues), *Sur la route du papier*, le dernier volume d'une trilogie à succès rendant hommage au coton, à l'eau et au papier.

Isabelle Autissier au Livre de Poche :

L'AMANT DE PATAGONIE
SEULE LA MER S'EN SOUVIENDRA
SOUDAIN, SEULS

Erik Orsenna au Livre de Poche :

L'AMITIÉ DES MOTS (1 vol., coll. « Majuscules »)
L'AVENIR DE L'EAU
LA CHANSON DE CHARLES QUINT
LES CHEVALIERS DU SUBJONCTIF
DERNIÈRES NOUVELLES DES OISEAUX
DEUX ÉTÉS
L'ENTREPRISE DES INDES
ET SI ON DANSAIT ?
LA FABRIQUE DES MOTS
LA FONTAINE. UNE ÉCOLE BUISSONNIÈRE
LA GRAMMAIRE EST UNE CHANSON DOUCE
HISTOIRE DU MONDE EN NEUF GUITARES
L'INTÉGRALE AFRICAINE (1 vol., coll. « Majuscules »)
LONGTEMPS
MADAME BÂ
MALI, Ô MALI
L'ORIGINE DE NOS AMOURS
LA RÉVOLTE DES ACCENTS
SUR LA ROUTE DU PAPIER
LA VIE, LA MORT, LA VIE
VOYAGE AU PAYS DU COTON

ISABELLE AUTISSIER
et
ERIK ORSENNA
de l'Académie française

Salut au Grand Sud

STOCK

Cartes : © Anne Le Fur-AFDEC, 2006.
© Éditions Stock, 2006.
ISBN : 978-2-253-12086-5 – 1ʳᵉ publication LGF

Journal d'Isabelle
Pourquoi l'Antarctique ?

Au-dessus de mon lit d'enfant, il y a eu pendant longtemps une carte de l'Atlantique au format dit « grand aigle », la taille maximale. Tout en bas, au plus près de mon regard, courait la ligne sinueuse d'une terre : l'Antarctique. Mais cette ligne était loin d'être l'objet de mes fascinations. J'étais bien plus attirée par ces îles perdues émergeant du rift océanique : Sainte-Hélène, Ascension, Tristan Da Cunha, et évidemment par le cap Horn.

Beaucoup plus tard, une rencontre pourtant redoutée excita mon imagination. C'était un matin clair, dans les quarantièmes rugissants. Pour une fois la course suivait sereinement son cours, pas de casse, pas de mauvais temps. Je barrais distraitement, et mon œil fut attiré par une masse sombre à l'horizon.

Une île ? Ici ? Impossible. Je suis au nord de Kerguelen. Rien ne fait surface avant des milliers de milles. Coup d'œil à la carte, jumelles, quelques secondes de vertige à se demander si je suis bien là où je pense être...

C'est un iceberg, immense et solitaire. Une glace colossale est posée là, dérivant depuis des mois ou peut-être des années. Je la longe à distance respectueuse. Elle mesure plus d'un kilomètre, le soleil pâle joue sur ses facettes, tantôt bleutées, tantôt grises, tantôt éclatantes de lumière. La mer gronde à son pied. Elle est là, cette glace, impossible et condamnée à mourir. Elle irradie de beauté autant que d'une étrange mélancolie.

C'est ce matin-là que j'ai pris conscience que quelque chose vivait, loin dans le sud, au-delà de cette barrière des quarantièmes et des cinquantièmes qui me semblaient pourtant déjà la fin du monde. Cette terre m'apparut avec une sorte de puissance mystérieuse, capable de produire cet objet si contradictoire, sommet de la force et de la fragilité.

Au départ, donc, il y eut une émotion. Elle ne m'a plus quittée.

Plus tard, barrant toujours, j'ai battu le rappel de mes souvenirs, de mes quelques lectures d'adolescente. Il me revenait des récits d'aventures ébouriffantes, des héroïsmes insensés, mais aussi de purs émerveillements. Tous ceux qui avaient fréquenté l'Antarctique semblaient avoir été obligés de donner une dimension extraterrestre à leur existence pour être au diapason de cet univers de superlatifs.

Rentrant à terre, je courus vers les livres pour en avoir le cœur net.

Il m'apparut trois choses.

En remontant à la source de l'émotion que j'avais connue devant ce premier iceberg, j'allais, selon tous les témoignages, être plongée dans un monde étourdissant de beauté et de grandeur, mais un univers où chaque seconde doit se conquérir.

Les quarantièmes rugissants dont j'avais expérimenté les peines et les exaltations n'étaient qu'une aimable introduction, une sorte d'école élémentaire, comparés à l'Antarctique figurant une thèse de troisième cycle.

Ce continent était si extrême qu'il ne pouvait être une simple extrapolation des événements ordinaires. Là-bas, des phénomènes nouveaux étaient à l'œuvre, des êtres vivants développaient des stratégies différentes, la science s'affrontait à des questions jusqu'alors informulées.

Tout cela faisait bigrement envie.

Chaque chose arrivant à son heure, je devais jubiler plus de dix ans encore sur le pont d'un bateau de course avant que ne survienne une occurrence antarctique.

En janvier 2002, je débarquai sur le ponton de l'Afasyn Yacht Club d'Ushuaia pour y retrouver une Suédoise, une Anglaise, une Canadienne et deux autres Françaises, mes compagnes de voyage, mais aussi y découvrir un bateau, *Ada* et, peu après, l'Antarctique.

Cette année-là, il était grognon, grisâtre, venteux, et les glaces étaient abondantes. Mais notre équipée féminine s'en tira honorablement. Quand soixante nœuds de vent catabatique nous gratifiaient de neige à l'horizontale, nous attendions sagement, amarres doublées, entre tarot et whisky. Le reste du temps, nous flânions, poussant la petite glace du bout de l'étrave, essayant de comprendre de quoi était fait cet univers ; toujours en attente, toujours surprises.

Nous eûmes chacune nos illuminations, bizarrement pas les mêmes ; ce sentiment que l'on existe, un court instant, à l'unisson d'une nature immémoriale, que le cœur de la vie se laisse voir à qui va au-delà de sa plus rude apparence.

Ces semaines eurent pour moi un immédiat goût de trop peu. Est-il possible de ne consacrer que quelques jours à ce qui vous semble un univers à part entière ?

L'Antarctique n'est pas un caprice passager, un objet de zapping. Percevoir ses lois demande la lenteur. Tout me portait à revenir.

J'avais envie d'autres regards pour enrichir le mien. Il fallait fréquenter la science, seule à même de décrypter cet étonnant réel. Mais il me semblait aussi que l'on pouvait chanter l'Antarctique, le danser, le filmer, l'écrire, le peindre, le mettre en scène. Je rêvais d'une sorte d'arche où s'encouragent des curieux en tout genre, où les arts se conjuguent à la connaissance, parce qu'un homme a besoin de ses deux pieds pour avancer et découvrir.

Mais, si je voulais réussir, il valait mieux faire simple. Il fallait agir, construire un projet, même petit, et pas seulement rêver. J'ai acheté *Ada* dès que possible. Il fallait aussi quelques bons compagnons pour partager cette utopie.

Erik fut le premier.

Journal d'Erik
Pourquoi l'Antarctique ?

Je me rappelle avoir entendu mon père me raconter l'histoire de scientifiques bien particuliers : ils avaient décidé de traverser les glaces australes pour... aller chercher des œufs de manchots empereurs. Ils voulaient montrer qu'une relation existait entre les écailles des reptiles et les plumes des oiseaux ! Je me disais que moi aussi, quand je serais grand, j'affronterais toutes sortes de périls pour expliquer le monde.

Plus tard, j'ai retrouvé la trace de ces valeureux. Le chef de la mission, Cherry-Garrard, a raconté leur épouvantable voyage durant l'hiver 1911 : cent cinq kilomètres aller, six semaines de marche (et d'escalade) par des froids dépassant moins soixante degrés. Ils découvrent six œufs, dont trois seront brisés durant les cent cinq kilomètres du retour... Et aucune conclusion formelle ne pourra être apportée quant aux relations entre les écailles et les plumes.

La conclusion de Cherry-Garrard tombe, sans appel :

« L'exploration polaire est l'exploration la plus radicale et la plus isolée. »

**

Je me souviens d'une des innombrables histoires que me racontait ma mère.

Il était une fois la nymphe Callisto, divinité des bois. Zeus, qui se promenait beaucoup, la rencontra et l'aima. Un enfant naquit : Arcas. Pour se venger, Héra, l'épouse de Zeus, changea en ours Callisto et Arcas. Et c'est ainsi qu'en grec ours se dit *arktos*. La fureur d'Héra n'était pas éteinte. Zeus, craignant pour la vie de sa nymphe et de son fils, les envoya se réfugier dans le ciel. Depuis, ils tournent autour de l'étoile Polaire : Grande Ourse et Petite Ourse.

Voilà pourquoi l'Arctique est la patrie des ours. Et *ante-arktos*, l'Antarctique, littéralement l'« opposé de l'Arctique », et aussi la « terre sans ours » : animal d'ailleurs absent de ce continent.

**

Deux fois, déjà, j'étais venu en Terre de Feu. Sur *Balthazar*, le solide sloop de Siv et Bertrand Dubois, j'avais, dans le canal de Beagle, passionnément suivi les traces de Darwin et, dans l'île de Lennox, longuement discuté avec un chercheur d'or. Doublant peu après le cap Horn, poussé par les quarante-cinq nœuds d'une jolie brise d'ouest, j'avais regardé vers le Grand Sud et m'étais demandé : « Oserai-je un jour aller *plus bas* ? Oserai-je un jour franchir *le* passage ? »

Je ne suis pas de nature téméraire et frissonne plus souvent qu'à mon tour. Mais une maladie m'habite : la curiosité. Cette curiosité l'emporte toujours sur mes peurs. C'est elle, alliée à ma haine des regrets, qui me pousse à m'aventurer encore et encore.

Sans cesse je pense aux moments qui précéderont ma mort. Je sais qu'à l'ultime seconde je me demanderai : l'ai-je bien explorée, cette Terre qu'il me faut maintenant quitter ?

Lorsque Isabelle m'a proposé : « Veux-tu aller en Antarctique ? », ma réponse était prête depuis l'enfance.

PREMIÈRE PARTIE

Où commence le Grand Sud ?

I
Rio Gallegos

Depuis déjà deux heures, le paysage vu d'avion n'a pas changé : une lande interminable, plate jusqu'au vertige, de temps en temps soulevée comme par une très longue houle. Aucun arbre, si ce n'est les maigres bosquets qui entourent les rares bâtiments.

Battue par le vent local, le *pampero*, la végétation est si pauvre qu'il faut un hectare pour nourrir un mouton. Une exploitation ne devient vraiment rentable qu'à partir du millionième mouton. Ainsi certaines propriétés s'étendent-elles sur un million d'hectares. Avec une ferme au milieu. C'est dire si l'on ne s'importune pas entre voisins. La porte du Grand Sud est peut-être le début de la solitude.

La petite ville de Rio Gallegos porte le nom du fleuve qui la borde : un trait d'eau boueuse marron clair bordé de renflements vaseux ocre, le tout creusé dans un sol aussi marron mais légèrement plus foncé. Rien d'enchanteur.

Le survol de la cité ne suscite pas non plus l'enthousiasme : rien que des maisons cubiques et toutes de la même couleur blanche. Inutile de chercher plus. Rio Gallegos ne mérite pas l'honneur d'ouvrir sur le Grand Sud. D'ailleurs, elle n'a rien demandé. Pas plus que sa jumelle Rio Grande, juste de l'autre côté du canal de Magellan, elle se contente de vivre (et plutôt bien vivre) du pétrole et du gaz découverts dans les proches alentours.

Un seul indice fait hésiter. Beaucoup de voitures ont leurs portières reliées aux sièges par des cordes solides. Quand on demande la raison de cette étrange coutume, le local s'esclaffe :

– Vous ne connaissez pas le vent !

Et il ajoute :

– Ni le coût d'une porte arrachée !

D'après tous les dires, le Grand Sud est la patrie du vent. Cette patrie a commencé quelque part en dessous de Buenos Aires (les Bons Airs). Disons que nous entrons ici dans le vif du sujet et que cette petite ville acharnée et modeste nous prépare au pire.

II

Ushuaia

Étant donné son immensité (2 770 000 kilomètres carrés, plus de cinq fois la France), on aurait pu croire l'Argentine déjà rassasiée de surface.

Erreur. Son appétit demeure toujours aussi vif. En témoignent les monuments qui longent la route du Yacht Club.

Sur la droite, hommage grandiloquent est rendu à la gendarmerie nationale. L'architecte de l'œuvre d'art, un certain Carlos A. Ansaldo, a tenu à préciser sur une stèle la noblesse de ses intentions : ces arceaux de béton armé symbolisent le flux de l'énergie patriotique. Ils sont dirigés vers le sud-ouest, plus précisément vers la « borne 26 », qui marque la frontière avec le Chili, l'« ultime point de notre pays sur lequel nous maintenons une souveraineté certaine ». Le buste d'un général, à l'évidence un glorieux gendarme, vient cautionner cette allégorie. De petites jattes plantées de lupins bucolisent l'atmosphère.

De l'autre côté de la route, la ville a voulu célébrer la « geste des Malvinas ». En 1982, les Argentins envahirent un archipel qu'ils jugeaient leur. Les Anglais reprirent leur bien. Un bon millier des assaillants moururent. Pour que personne n'oublie, un grand mur troué a été élevé : les trous ont la forme des îles, objet lointain du conflit. *Volveremos*, « Nous reviendrons », proclame un poème-programme que chacun peut lire, au-dessous des trous. Encore plus bas a été gravé le nom des héros morts au champ d'honneur.

**

Le navigateur ushuaien a le choix : le Nautico et l'Afasyn. Le premier est un club qui n'a de nautique que le nom. L'essentiel de sa fonction est nourricier et musical. En bref, le Nautico s'est changé en restaurant-boîte de nuit. Le jour, ça sent la graille ; la nuit, les festivités empêchent de dormir. Posé sur un socle rouge, le buste de Vito Dumas, marin magnifique (1900-1965), considère ce dévoiement avec désolation. Le ponton n'est plus qu'une passerelle branlante et rapiécée où l'on n'avance que par miracle, en sautant, comme de pierre en pierre d'un gué, d'un morceau de contre-plaqué pourri à une planche trop souple pour être honnête. Pour continuer à s'amarrer ici, il faut toute la fidélité et la témérité d'Alain Caradec, skipper mythique du Grand Sud. Les bateaux voisins sont des épaves flottantes d'où émergent parfois comme d'une longue nuit des personnages aux manières infiniment douces et serviables au-delà du raisonnable.

Le club concurrent s'appelle Afasyn et l'explication de ces initiales force déjà l'intérêt : Association fuégienne (c'est-à-dire originaire de la Terre de Feu) d'activités subaquatiques et nautiques. Outre les reliques poussiéreuses habituelles de ce genre d'endroit (poulies de bois géantes façon antiquaire ; fanion d'un navire espagnol en visite ; vitrine ouverte où ne demeurent que les trophées dont personne n'a voulu : un tableau de métal argenté, par exemple, qui prouve la participation de l'Afasyn au « XXe championnat nord-patagon de voile »). Les amateurs d'ingéniosité admireront une pièce rare. Il s'agit d'un téléphone à pièces. Il paraît d'abord banal. Mais un examen plus attentif permet de découvrir qu'il peut être utilisé à l'intérieur comme à l'extérieur. L'appareil repose sur une tablette qui traverse le mur, et pivote.

Il est clair, pourtant, que cette merveille de téléphone ne suffirait pas à rassembler ici tant de marins du monde entier. Afasyn offre toutes les installations nécessaires aux grands départs : un minichantier naval, des ouvriers compétents, trois douches dont une chaude... et un ponton solide.

C'est là qu'on se prépare. C'est là qu'on *attend la fenêtre*.

Tout compte fait, cette affaire de fenêtre pourrait bien partager l'humanité en deux populations très différentes.

De l'autre côté de la baie, par exemple, les milliers de touristes qui sans cesse se relaient le long du quai s'en moquent, de la fameuse fenêtre. Au jour dit, un paquebot se présente. À l'heure dite, ses portes s'ouvrent, les milliers embarquent. Et le gros bateau s'en va pour un circuit minuté.

Les sociétaires d'Afasyn n'ont pas cette indifférence. Ils sont petits, ils naviguent à voile, deux raisons qui les incitent, avant de larguer les amarres, à longuement interroger le ciel, c'est-à-dire l'écran de l'ordinateur.

— Quelle est donc cette fenêtre, tant espérée et tant traquée avec tellement de techniques ?

— Deux, trois jours de calme dans la ronde des dépressions.

*
* *

Installé sur une colline, au-dessus du club nautique, un ancêtre voyageur s'amuse silencieusement de nos préparatifs. Il s'appelle Stango 22, c'est un avion DC-3. Une notice nous indique qu'il a volé quarante mille heures, par tous les temps, hiver comme été, de 1941 à 1979. Au moment de sa retraite, d'anciens pilotes lui ont offert l'hospitalité de l'aéroclub, un point de vue incomparable sur le canal de Beagle et les montagnes alentour qu'il a dû tant de fois affronter. Le dimanche, ces fidèles viennent lui repeindre les ailes et gratter la rouille qui ronge les deux moteurs dénudés. Sans doute, pour les remercier, le DC-3 leur raconte-t-il des histoires effrayantes sur les débuts héroïques de l'aviation patagonne : l'Aéropostale française n'a pas le monopole des exploits aériens. L'Argentine ne fut pas en reste. Les pistes étaient toujours trop courtes et, du fait d'un sadisme de la géographie locale mille fois constaté, toujours perpendiculaires aux furies de vents dominants.

Avec les skippers de *Kotick* ou de *Walhalla*, l'avion trouverait à qui parler de ses rudes batailles. Ces hommes et ces femmes n'ont pas choisi par hasard de venir naviguer ici, dans ces mers les plus difficiles du globe. Souvent dans leur vie ils ont vécu plus difficile encore. Lutter contre des tempêtes perpétuelles force à s'occuper et le corps et l'âme.

Les raisons mêmes qui ont désolé Ushuaia lui donnent aujourd'hui sa chance. Ultime ville australe du continent, elle n'accueillait que les déçus, les rejetés, les condamnés. En bonne logique, on y avait installé un bagne. C'est cette situation qui attire à présent les amateurs de confins. Les uns se contentent de la Terre de Feu environnante. Les autres sont plus gourmands. Ils veulent des extrémités garanties, de véritables bouts du monde, cap Horn ou Antarctique. Ushuaia devient la base arrière des grands frissons géographiques. L'argent arrive, soutiré aux touristes par d'innombrables boutiques à souvenirs.

L'esprit pionnier s'en va, l'humour aussi. Il y a encore cinq ans, devant le petit chalet qui abrite l'association Caza y pesca (Chasse et pêche), au milieu des inévitables lupins était planté un écriteau savoureux.

> Ici se donnent rendez-vous
> chaque mercredi à 19 heures
> les menteurs les plus australs du monde

L'écriteau a disparu. Rien ne doit heurter le visiteur.

Drôle de destin pour Ushuaia, hier inconnue et pénitentiaire, aujourd'hui zone franche et planétairement célèbre, à commencer par la France, où Nicolas Hulot a baptisé ainsi son émission-phare.

Face à l'embarcadère des paquebots, au milieu d'un village de cabanes où l'on vend de l'artisanat, la préfecture a érigé la « capsule du temps », une grosse pierre creuse dans laquelle est enchâssé un trésor à n'ouvrir que le 20 octobre 2492. Il s'agit d'un feuilleton télévisé d'aujourd'hui, l'œuvre, paraît-il, la mieux à même de représenter notre époque...

Dans cinq siècles, que sera devenue la ville la plus australe du monde ? Suscitera-t-elle toujours autant d'attrait une fois la planète bien réchauffée, c'est-à-dire la banquise tout à fait rétrécie ?

***

Il est, dans ces mers australes, une spécialité bien française : la navigation à la voile. Non que d'autres pays, Angleterre, États-Unis, Allemagne et même Suisse ne fournissent des marins de talent, mais promenez-vous quelques minutes seulement sur le ponton d'Ushuaia, vous y entendrez plus la langue de Molière que celle de Goethe, Shakespeare ou même Cervantès. Plutôt que de se lancer dans des considérations de sociologie comparée, mieux vaut rendre hommage aux pionniers. Disons-le haut et fort : l'homme qui, pour l'avoir explorée trente ans durant, caillou par caillou, connaît le mieux au monde la Péninsule antarctique est français. Il s'appelle Jérôme Poncet et déteste son surnom de « pape des glaces ».

Les moins de quarante ans ont sans doute peu d'idée de la révolution nautique que déclenchèrent, un beau jour de 1969, deux copains, Gérard et Jérôme. Assoiffés d'ailleurs, de découvertes et de rencontres malgré une bourse plate, ils partirent discrètement de La Rochelle, sur leur voilier de neuf mètres, avec une ambition simple et folle : découvrir le monde. On se rapportera à la lecture de *Damien*. L'écriture vagabonde et poétique de Gérard Janichon raconte leurs exploits du Spitzberg au cap Horn, en passant par l'Amazonie et la Polynésie. Mais leur morceau de bravoure fut sans conteste l'Antarctique, où personne n'aurait raisonnablement imaginé venir avec un voilier, à plus forte raison de petite taille et construit en bois. C'était un temps où la Péninsule avait retrouvé son calme après l'invasion des baleiniers. Rien ni personne ne troublait sa solitude, hormis quelques bases scientifiques.

Renouant avec le sens marin de leurs plus grands prédécesseurs, les deux compères, munis de l'*Antarctic Pilot*, le célèbre guide de navigation anglais, se frayèrent à travers les glaces une route inhabituelle. Comme les anciens, ils connurent le froid humide qui s'infiltre partout, l'angoisse des icebergs, fantômes dans la brume, mais aussi la gloire d'une journée ensoleillée qui fait éclater les montagnes de lumière et les cœurs de béatitude. Jamais, sur un si petit navire, on n'était allé aussi loin, jamais on n'avait navigué aussi bien.

Après cinq ans d'un voyage d'exception, les deux amis se construisirent deux bateaux semblables, fruits de leur expérience et de leurs rêves. Jérôme, possédé par le virus du Sud, repartit pour un hivernage avec sa femme Sally au cœur de la

Péninsule. Dans la grande tradition de l'époque héroïque, ils résistèrent à la nuit et à l'hiver polaires, s'offrant le luxe de raids à ski sous la pleine lune. À ceux qui n'ont pas peur de la vie, il n'est pas de limites. Un enfant naquit à bord. L'accouchement par le siège en Géorgie du Sud, avec son père pour sage-femme, mériterait à lui seul de longs développements. Dion, du nom des îlots qui virent sa conception, est à présent un solide marin, digne successeur de ses parents.

Aujourd'hui, équipé d'un voilier de vingt mètres, Jérôme n'a rien perdu de son tropisme. La coque de *Golden Fleece* pousse encore la glace là où les autres ne vont pas. À l'audace des débuts se sont joints la connaissance patiemment accumulée, les plans de mouillages levés à la main et d'innombrables observations sur le comportement de la banquise.

Ces aventures, talentueusement relayées par les livres de Gérard, puis de Sally, avaient enflammé les esprits d'une génération de voileux formée dans les brumes de la Manche. Si les adeptes de Tabarly furent l'avant-garde de nos coureurs de haute mer, si les amateurs d'eaux chaudes, fidèles de Moitessier, partirent pour des périples polynésiens, les tenants de l'eau froide se mirent à rêver de mers australes.

Isatis, *Kotick*, *Kim*, *Graham*, *Basile*, *Balthazar*... autres bateaux de légende. Les eaux antarctiques des années 1980 virent musarder des marins montagnards, autant adeptes des hauteurs de Géorgie du Sud que des mystères de la Péninsule. Mais que faire, lorsque le reflet des glaces et le grand souffle du Horn vous deviennent vitaux ? Où trouver les finances nécessaires pour entretenir le bateau et continuer à vivre dans le Grand Sud ? On emmènera les autres dans ces paradis inaccessibles, on deviendra guide des hautes montagnes de la mer.

Ainsi naquit, il y a vingt ans, le charter austral, avec Ushuaia pour capitale. Comme pour les sommets terrestres, le métier n'est pas anodin et ses pratiquants sont tout sauf des hommes ordinaires.

Sur ce ponton du club Afasyn, où somnolent les voiliers en partance, il est de belles âmes que n'aurait pas reniées Charcot. N'attendez pas d'eux qu'ils épatent la galerie en tonitruant dans les bars leurs exploits pourtant bien réels. Ces marins-là sont des taiseux. S'ils parlent, c'est qu'on les interroge, et leurs mots sont comptés, exacts comme des livres de bord. Ces gens-là se reconnaissent à leurs gestes précis et à leurs cirés aux couleurs fanées par la lumière perpétuelle de l'été austral. Le métier est lourd de responsabilités. Si le Drake a fait payer cher le passage, si la veille des icebergs leur a cerné les yeux, ils ne se plaindront pas. Leur liberté est à ce prix. Au plus, ils régleront l'affaire entre eux, dans une soirée aux vapeurs alcooliques.

Chacune de leur vie est un roman. Tel fut pêcheur de coquillages rares, tel autre héros de la course au large, ou tenancier de boîte de nuit, ou chercheur au CNRS. L'une (car les femmes ici ne sont pas que des épouses) commanda à la marine marchande, une autre était alpiniste chevronnée. Ils, elles, peuvent tout faire à bord de la proue à la poupe, de la pointe du mât à celle de la quille. Ils savent. Et quand ils ne savent pas, ils inventent car nécessité fait loi dans ces parages sans dépanneur. Ils sont tour à tour mécaniciens, voiliers, électriciens, mateloteurs, menuisiers, informaticiens, et parfois médecins et psychologues pour clients malades du corps ou de l'âme.

Ils ne sont pas blasés mais rien ne les surprend, tant ils ont vécu d'avatars océaniques. Il faut les voir affronter l'urgence, faire face à l'avarie avec une lenteur méthodique que l'on dirait désinvolte. À force de côtoyer le danger, ils connaissent ses ruses et ses oripeaux. Ils ne prendront jamais un coup de vent pour une tempête. Néanmoins une simple carte météo pourra leur faire froncer le sourcil, signe d'une intense inquiétude. Alors, même si vous leur promettez tous les trésors de la terre, s'il ne faut pas partir, ils ne partiront pas. Et si le mauvais temps les cueille loin des côtes, personne mieux qu'eux ne vous ramènera à bon port.

On n'en dira pas plus, leur modestie souffre déjà.

III

Puerto Williams

Pas question pour le Chili de laisser l'Argentine en prendre trop à son aise avec le Grand Sud. En 1984, seul un arbitrage du Vatican permit d'éviter un conflit armé entre les deux sourcilleuses nations : où passait la frontière à la sortie est du canal de Beagle ? Le Chili devait avoir de meilleurs avocats, ou l'oreille du Très-Saint-Père, le tracé retenu a des allures de baïonnette qui donne à Santiago toutes les terres émergées dont les si belles îles Lennox, Picton et Nueva.

Mais dans la guerre des portes du Sud le Chili fait pâle figure. À Ushuaia la très vivante (soixante mille habitants), il n'oppose que la sévérité d'une base militaire qu'on aurait baptisée ville (moins de trois mille âmes). Puerto Williams. L'armée ne vous accueille pas d'abord, mais des oies et des canards : manifestement, ces gros oiseaux se sentent responsables d'une crique réservée aux voiliers.

Ils viennent en famille saluer les nouveaux arrivants, nageotent autour des coques et hochent la tête en connaisseurs. Charmants mais impudents volatiles ! Quoi qu'ils pensent, ils ne dirigent pas l'endroit. Le maître des lieux est une épave contre laquelle viennent s'amarrer les visiteurs.

Le petit cargo *Micalvi* a commencé sa carrière sur le Rhin dans les années 1920. Acheté à l'Allemagne, il poursuivit dans les eaux glacées des canaux chiliens son inlassable labeur de cabotage. À bout de souffle, un triste jour de 1962, il vint s'échouer ici pour ne plus repartir. Au lieu d'être envoyé à la casse, le *Micalvi*, en gratitude de tous les services rendus, *fue declarado ponton* (« fut déclaré ponton »), comme l'indique une plaque de cuivre vissée sur le seul réverbère du voisinage.

Depuis plus de quarante ans, le *Micalvi* est la providence des plaisanciers de l'Antarctique et du Horn. « Ponton » est un terme bien trop modeste pour résumer tous les services qu'il rend. À commencer par l'hygiène. Trois douches (comme à Ushuaia, une seule est pourvue d'eau chaude) ont été installées dans d'anciennes cabines dont on se demande comment les parois et les sols tiennent encore, rouillés comme ils sont. Bientôt, forcément, un yachtman un peu pesant traversera la ferraille et, sans comprendre comment, se retrouvera deux étages plus bas, nu et ensavonné, planté jusqu'au ventre dans la vase. On imagine la surprise de nos amis les canards et les oies.

Avant de gagner le bar, cœur du *Micalvi*, saint des saints du nautisme austral, rectifions la position car voici les officiels de l'administration chilienne. Cérémonieux plus encore que sévères, ils descendent un à un notre échelle. Par chance, aucun ne trébuche. Ils sont quatre, trois uniformes et un pékin, coiffé (peut-être par compensation, par nostalgie ou envie de la chose militaire) d'un gigantesque béret noir. De leur quatre cartables d'écolier, ils sortent chacun un amas de papiers.

Tandis que, scrupuleusement, nous remplissons les documents, l'atmosphère peu à peu se détend. Le quatuor nous demande le but de notre voyage.

– L'Antarctique ? Vous voulez dire les îles Shetland, la Péninsule ? Mais alors tout va bien. Vous ne quitterez pas le Chili. Vous n'aurez pas besoin de nouvelles formalités au retour.

Les douaniers argentins nous avaient fait la même remarque. Dans le gâteau glacé, l'Argentine et le Chili se sont découpé un large morceau. Et c'est le même ! Pour l'instant, étant donné le statut international de l'Antarctique, ces revendications concurrentes, et permanentes, ne sont que virtuelles.

Nouvelle plongée dans les cartables. Sortent quatre tampons qui s'abattent en même temps sur les cases des imprimés prévus à cet effet.

La route du Grand Sud nous est ouverte !

Certes, nous aurions pu nous éviter ces tracas et partir directement d'Ushuaia, à condition de ne jamais emprunter les eaux chiliennes. Mais nous nous privions ainsi du Horn. Surtout, nous n'aurions pas été présentés au *Micalvi*.

Un *Micalvi* qui, malgré son humilité, mérite peut-être lui aussi le titre envié de « porte du Grand Sud ». Car c'est dans son bar qu'on attend la fameuse fenêtre et nulle part mieux que dans ses merveilleux fauteuils défoncés. Cet endroit mythique est bas de plafond, riche de tous les alcools disponibles de la planète et ses murs sont tapissés des souvenirs et salutations les plus divers : maillots de rugby dédicacés, photos des Caraïbes, harpons de baleiniers...

Mais c'est le sol qui retient d'abord l'attention : il penche. N'oubliez pas, vous lui feriez de la peine, que le *Micalvi* est un *bateau*. À la fin de son ultime voyage, un ultime capitaine l'a mal échoué. Donc, il penche. Sitôt la porte franchie, vous êtes entraîné. Seul le zinc arrête votre glissade. Une patronne charmante vous demande vos préférences en matière de boisson.

Les skippers discutent. C'est à eux et à eux seuls d'apprécier la fameuse fenêtre. Ils ont fort à faire pour résister à leurs passagers. Lesquels sont de deux races : les uns veulent partir, immédiatement partir, et répètent de plus en plus fort, l'alcool aidant, qu'on n'a jamais vu une meilleure fenêtre, que jamais on n'en trouvera de meilleure. Les autres chipotent à l'infini sur l'état de la fenêtre, s'angoissent, proposent d'atermoyer, emploient des phrases qui n'ont rien à voir avec la navigation, « pouvez-vous me garantir... ? », « êtes-vous sûr à cent pour cent... ? ». Bref, ils donneraient tout pour rester dans ce bar jusqu'à la fin de leurs vacances.

Des buveurs d'alcool d'une troisième catégorie sont encore plus bruyants et tout à fait sereins : ceux qui reviennent d'Antarctique. Le problème des fenêtres est derrière eux.

Mais le *Micalvi*, béni soit-il et longue vie à lui malgré la rouille !, n'est pas tout Puerto Williams. Si d'aventure la fenêtre est mauvaise et qu'il vous faut tuer le temps en attendant de lancer les amarres, vous pouvez profiter des ressources touristiques locales.

1. Dire leur fait aux castors qui ravagent les forêts voisines. Prenez le chemin à main droite en descendant du ponton.

2. Vous sustenter très agréablement dans un restaurant familial aussi discret qu'un *paradero* cubain. Suivez le bord du canal vers l'est, c'est la première ou deuxième à droite après la future école maternelle (dont le terrain, vide, attend les constructeurs).

3. Rire (mais surtout en votre for intérieur sous peine de graves conséquences) de la folie humaine. Dans une sorte d'échauguette, des marins en noir se relaient derrière d'énormes jumelles noires. Sans relâche, ils guettent la rive nord du Beagle (c'est-à-dire l'Argentine). Laquelle est vide, rien jamais ne s'y passe. Pauvres guetteurs !

IV

Journal d'Isabelle

Un bateau, un équipage

C'est une fille ! Il n'y a pas à s'y tromper. Une allure élancée, des flancs généreux sous une robe grise qui manque, c'est vrai, un peu de coquetterie ; et surtout cette inimitable façon de poser la hanche sur l'eau, avec douceur mais fermeté. *Ada* est bateau-fille.

Ceux qui n'ont jamais perçu le sexe des bateaux manquent considérablement de sens de l'observation. Tout est question de passage dans la vague et de façon de résister sous les rafales. Par esprit de simplification, les Français disent « un » bateau là où les Anglais disent « *she* », mais la vérité est plus complexe et d'ailleurs *Ada* a successivement été anglaise et française.

Un bateau-fille est particulièrement adapté aux navigations hauturières hors des sentiers battus. Quel que soit le temps, on pourra toujours y faire la cuisine, y dormir, et elle accueillera sans efforts le surpoids de ses six humains bardés de matériel comme si elle portait sa marmaille sur son giron.

Il n'existe pas de bateau à tout faire : la course, le tour de l'île de Ré en famille, des aventures polaires et la pêche au gros. Un palais romain est-il aussi chaumière, loft branché et appartement bourgeois ?

Un voilier pour l'Antarctique doit être solide et simple ; une évidence difficile à réaliser.

Passe encore d'être, de la pointe du gréement à l'extrémité de l'hélice, plus costaud que la norme, il doit permettre une autonomie totale de plusieurs semaines. La redondance des équipements est de mise : deux annexes et leurs hors-bord, deux chaînes et leurs ancres, un jeu de voiles supplémentaire, un outillage pléthorique, des boîtes de vis à faire pâlir une quincaillerie et des pièces de rechange pour à peu près tout, sachant que c'est toujours celle qui manque dont on a besoin. Ajoutez quatre cents kilos de nourriture, mille deux cents litres d'eau, autant de fuel, cent litres d'essence et assez de ce délicieux vin chilien pour entretenir le moral. Il faudra aussi, au hasard des circonstances, coudre, soigner, cuisiner, partir skier ou filmer, transvaser différents liquides, communiquer, lire ou écrire, assurer la sécurité, le confort, la convivialité, permettre le travail et le repos et, bien sûr, se protéger de l'imprévisible et du pire.

Entre *Ada* et moi, le choix fut réciproque. Nous nous sommes connues il y a quatre ans, ici même, en Antarctique. Je n'étais pas skipper. J'ai observé le franc-bord élevé qui permet de rester au sec sur le pont, le gréement de bonne taille pour ne pas trop traîner en route, le bel espace habitable vaigré de bois comme un chalet suisse, et les mille détails d'un bateau déjà préparé aux navigations hasardeuses et polaires. La confiance en son bateau est le prérequis pour s'aventurer dans ces mers solitaires, à plus forte raison pour y emmener un équipage.

Ada m'a plu, j'ai cassé ma tirelire dès qu'elle a été en vente. Je me flatte qu'elle n'en soit pas mécontente, car elle peut ainsi, avec moi, continuer à baguenauder dans les mouillages les plus improbables.

Entrez !

Considérez au passage le bon abri qu'offre la capote en toile pour prendre la veille. Descendez l'échelle un peu raide, vous êtes dans le carré : salon, salle à manger, bureau, cuisine, le tout dans la bienveillante tiédeur du poêle. (Nous passerons pudiquement sur ses quelques caprices à démarrer...)

Derrière, la chambre du capitaine (avec salle de bains). Devant, deux chambres (avec salle de bains). Pour finir, le poste avant, fourre-tout et rangement.

Tous les propriétaires de bateau vous le diront : « Il manque un mètre ! »

Ada n'échappe pas à la règle. Pour évoluer confortablement à six, il faudrait un mètre, un tout petit mètre en plus. Les « chambres » ne comportent pas grand-chose d'autre que d'étroites bannettes, la cuisine est un réduit où ne peut se tenir qu'une personne et le terme « salle de bains » est quelque peu usurpé pour un cagibi où l'on peine à se retourner.

Il est paradoxal que des individus rassemblés par leur

goût du large et du grand air se supportent entassés un mois et demi à six dans un espace qui n'est guère plus spacieux qu'un appentis de jardin. Ainsi sont les mystères de la mer et son exigence est telle qu'elle ne laisse que peu de place aux râleurs et aux douillets. Voilà qui tombe bien, il n'y en a pas à bord.

***

L'être humain mariné plusieurs semaines dans l'eau salée peut avoir des comportements imprévisibles. Vous croyez le connaître, il n'en est rien. La fatigue, la peur parfois, la lassitude des autres, le mal de mer, l'entassement, la nostalgie du confort ou d'une fiancée lointaine, le sentiment d'avoir trop ou pas assez de responsabilité peuvent transformer un charmant compagnon à terre en une face de carême qu'on mettrait volontiers aux fers, bien que cela ne soit malheureusement plus autorisé.

Dans le huis clos d'un voilier au large, tout peut devenir sujet de discorde et, comme il est pour le moins difficile de sortir faire un tour, des peccadilles peuvent s'envenimer. La cabine du capitaine devient le bureau des pleurs.

« Tu ne pourrais pas lui dire d'arriver à l'heure à son quart, j'en ai marre de me geler dix minutes de plus ! »

« Faudrait voir à ne pas prendre plus d'une douche par semaine, ou alors il y aura corvée d'eau ! »

« J'en ai assez qu'on laisse traîner ses gants et son bonnet mouillé n'importe où dans le carré ! »

Petits, tout petits manquements à la règle, qui peuvent finir en visages fermés, lourds soupirs et, pire que tout, laisser-aller à la manœuvre (« Il n'a qu'à le faire puisqu'il est si malin... »).

Vivre sous le regard des autres, dormir sous le regard des autres, travailler sous le regard des autres, vomir sous le regard des autres... ne rendent pas toujours le bipède commun très tolérant.

Le rôle d'un skipper est de faire en sorte que tout le monde revienne avec le sourire, ce qui n'exclut pas quelques mises au point en cours de route.

De même qu'un bateau n'est pas bon pour toutes les navigations, un équipage n'est pas apte à gérer toutes les situations et c'est à nouveau au skipper de veiller à ce que ces situations aient un risque minime de se présenter. L'Antarctique est exigeant en termes de sécurité, d'isolement et de confinement pour cause de mauvais temps. Le choix des impétrants était donc délicatissime.

Présentation.

Cabine arrière : Agnès, un mètre cinquante, quarante-cinq kilos toute mouillée ; héligrenadeuse, secouriste en montagne, skipper d'un bateau pour handicapés... Agnès a aussi été tourneuse-fraiseuse, hydraulicienne, régatière, plongeuse... et j'en oublie forcément. Demandez-lui le maximum, il n'y a que cela qui l'intéresse. Pour elle, une croisière n'a pas d'intérêt sans quelques bonnes pannes, de celles qui lui font enfiler le bleu de travail à plus de quarante nœuds et à moins d'un demi-mille des cailloux. Avec son père Jean, en chaise roulante, elle a construit il y a quinze ans un multicoque pour faire naviguer des handicapés et depuis elle s'y consacre pratiquement bénévolement tous les étés. Bref, des comme elle, il n'y en a qu'une, il fallait l'avoir à bord. Ah ! j'oubliais, héligrenadeuse, c'est la personne (elle doit être la seule de sexe féminin) qui balance des grenades du haut d'un hélicoptère pour déclencher des avalanches.

Cabine avant tribord, couchette inférieure : costaud à gueule d'aventurier, Olivier s'adonne ordinairement à la gestion de son chantier de construction de yachts, mais fait partie de ces gens qui sèchent quand ils sont trop longtemps à terre. De ses premières armes comme officier de la marine marchande et surtout de son passage comme commandant du *Bel-Espoir*, du père Jaouen, il a gardé un précieux sens de l'improvisation maritime et un chapelet d'histoires au cas où les quarts deviendraient mélancoliques.

Cabine avant tribord couchette supérieure : le « piafologue ». Si vous parlez d'autre chose que d'oiseaux à Fabrice, vous ne récolterez qu'un haussement de sourcils poli. Dans une vie antérieure, il a dû avoir plumes et bec. Après quinze mois passés à Kerguelen et autant à l'île Amsterdam (deux îles subantarctiques de l'océan Indien) à compter tout ce qui vole, son plus cher désir est d'être nommé pour deux ans et demi à Bird Island, la bien nommée. Bird Island : un kilomètre sur cinq, trois habitants, îlot dépendant de la Géorgie du Sud (elle-même île subantarctique quasi inaccessible au fin fond de l'Atlantique). Fabrice est avec nous en qualité d'ornithologue avec pour mission de compter. Qu'il vente, pleuve ou neige, malgré un mal de mer tenace, Fabrice compte.

Cabine avant bâbord, couchette inférieure : la « prod ». Entendez Joël, producteur que l'exiguïté du bateau contraint à être caméraman, preneur de son et monteur, voire bricoleur de logiciels récalcitrants, d'optiques trempées et de caméras salées. Qui plus est, les artistes ne sont pas très disciplinés ; les baleines plongent trop vite, les oiseaux volent en zigzags incohérents, les phoques refusent de bouger et les marins prétendent qu'on ne peut attendre que la caméra soit prête pour prendre un ris. Filmer l'Antarctique est un sacerdoce, Joël a mérité le rang d'évêque.

Last but not least, cabine avant bâbord, couchette supérieure : Erik. Si vous entrez par inadvertance, vous le trouverez à coup sûr cassé en deux dans l'étroite bannette, lampe frontale à poste, carnet et crayon à la main. À ceux que le mal de mer humilie des journées entières, je transmets la solution Orsenna : occuper le fauteuil laissé par Cousteau à l'Académie française. La proximité mentale avec le grand marin semble bénéficier à l'oreille interne. La méthode est complexe mais le résultat incontestable. Avec trente nœuds de vent et quarante degrés de gîte, calé dans le carré que le saut des vagues transforme en champ de bataille, Erik lit, écrit, rattrape d'une main son carnet qui glisse, coince sa jambe contre le montant de la table pour se stabiliser, lit encore, écrit encore, puis lève la tête : « Midi et demi, ce n'est pas l'heure d'un verre de rouge pour l'apéro ? »

J'ai une autre suggestion concernant cette résistance

au mal de mer : le bonheur. À quelque heure du jour et de la nuit, Erik rayonne, s'extasie, remercie le monde entier d'être là, s'enthousiasme pour un rayon de soleil, parle avec les étoiles, s'amuse des manchots, s'émerveille devant les icebergs, chante les louanges des explorateurs. Il est curieux, affamé de voir et de comprendre, mais par-dessus tout heureux d'être là. Heureux. Heureux. Ce n'est pas le moindre des cadeaux qu'il nous fait.

Ma stratégie était d'avoir avec moi deux autres marins confirmés, ayant déjà pratiqué l'Antarctique et ses facéties climatiques. À trois, on peut assurer tous les coups durs, avec même le luxe d'en avoir un au repos si la situation s'éternise ; on peut en laisser un partir à terre quand les deux autres suffisent à changer de mouillage si la glace l'impose ; on peut faire une équipe de bricolage en même temps qu'une manœuvre. Bref, on a la latitude de laisser le reste de l'équipage se consacrer à ce pour quoi il est venu : travail d'écriture, film ou ornithologie.

Agnès et Olivier étaient ces deux marins.

Quand aux trois autres, on m'objectera que je les connaissais peu. Certes !

Concernant Erik, pilier du projet, marin lui-même, le pari n'était pas très risqué. Joël et Fabrice m'étaient plus inconnus, mais deux points plaidaient en leur faveur : une forte motivation et une tâche à accomplir. Souder un équipage autour d'un but est le b.a.-ba du management, comme on dit de nos jours.

Il n'est pas forcément mauvais que tout le monde ne

se connaisse pas. Le round d'observation, le temps de se raconter réciproquement sa vie pendant les longs quarts de nuit, l'envie légitime d'apparaître sous un bon jour donnent le temps à chacun de trouver sa place à bord.

À six nous partîmes, à six nous revînmes, aucun n'ayant éprouvé l'irrépressible envie d'en jeter un autre par-dessus bord. Je crois même que l'évocation de notre voyage amène encore un large sourire sur les visages.

V

Vocabulaire

Le cap Horn s'éloigne dans la brume que, déjà, Olivier, notre capitaine au long cours, nous passe le relais. Il a fini son quart.

– À vous le soin !

Dès le départ, il nous a fait part de son intention de remettre un peu d'ordre dans le vocabulaire du bord. Au lieu de raconter n'importe quoi, nous devrons employer les expressions de marins. Elles ont été forgées par l'élégance de la tradition mais aussi par la nécessité de transmettre vite des informations claires.

Ainsi, quand on relève une ancre, cinq cris se succèdent :

– *Maillon !* (Il reste vingt-sept mètres de chaîne.)

– *À pic !* (Comme son nom l'indique.)

– *Dérapée !* (L'ancre s'est décrochée du fond.)

– *Haute et claire !* (L'ancre monte sans rencontrer d'obstacle.)

– *À poste !* (L'ancre a retrouvé sa place sur le pont.)

Il ne nous reste plus qu'à la *saisir*.

Milieu de la nuit, le vent souffle, la mer est creuse.

Une silhouette trempée de pluie et d'embruns vous réveille.

– À toi le soin.

Quelle plus élégante façon de vous faire comprendre que vous est confié le (soin du) bateau ?

VI

Le Drake

Drake. Un nom qui claque, un couteau, un éclair, une phonétique dure et agressive. *Drake* comme dragon ou drakkar.

Détroit de Drake. C'est presque pire. Quand nous étions enfants, nous aimions répéter « que le grand Crik me croque », pour jouer à se faire peur avec la seule magie du verbe. Mais nous ignorions le détroit de Drake.

Il est là, devant nous, aujourd'hui, ce passage entre le cap Horn et la Péninsule antarctique, et les lectures qui nous tenaient en haleine au coin du feu prennent une inquiétante réalité. Que nous réserve-t-il, le grand méchant Drake ?

Par 56° sud, on navigue sur le boulevard des dépressions, une tous les trois jours en moyenne. Dans une vaste étendue océanique, on peut rêver d'échapper au pire en grimpant ou en plongeant dans l'échelle des latitudes. Mais, ici, les tempêtes se bousculent pour s'engouffrer dans l'entonnoir séparant la cordillère des Andes des montagnes de la Péninsule : à peine mille kilomètres de large. Pour rendre l'endroit encore plus désagréable – il faut bien soigner sa réputation –, les grands vents d'ouest, bloqués par les montagnes sud-américaines, accélèrent en tournant vers le sud-ouest et débouchent dans le détroit avec la rage d'un colosse à qui on a essayé de barrer la route. Si les rafales viennent du sud, c'est pire : elles arrivent du pôle, l'haleine chargée de froid. On dit qu'elles faisaient pleurer de douleur plus d'un fort en gueule. Sur les vieux gréements, dont certains embouquaient le Drake en plein hiver, rentabilité oblige, ce vent surchargeait les mâts, les espars et les cordages d'un manteau de glace. Le navire pouvait chavirer sous ce poids bien trop haut placé. Il fallait attaquer à la hache et au burin le linceul étincelant.

Ceux qui cherchaient à échapper à ces périls en ne descendant pas trop au sud, c'est-à-dire en serrant le Horn au plus près, tombaient de Charybe en Scylla. Les fonds marins, aux abords de la côte, remontent presque à la verticale, passant (en quelques milles) de moins quatre mille mètres à moins cinquante mètres. Face à cette sorte de Mont-Blanc sournoisement immergé, l'eau se cabre comme un cheval qui refuserait l'obstacle. La pente des vagues s'affole. Elles déferlent, libérant soudain des millions de tonnes d'eau à l'énergie mortelle.

Les pontons d'Ushuaia bruissent de sombres histoires : chavirages, démâtages, roulés-boulés en tout genre. Les vagues s'en sont donné à cœur joie. Les plus expérimentés des skippers locaux ne se risquent pas ici sans que tout soit saisi et arrimé sur le pont, planchers vissés et toiles antiroulis à poste.

Durant les semaines de préparation, cette inquiétude du détail négligé n'a pas cessé de nous réveiller la nuit. Un drame n'est que l'accumulation de ces petits détails dans lesquels, c'est bien connu, le diable se niche.

Donner à un si difficile passage le nom de Drake fut, à l'évidence, un excellent choix, si l'on se rapporte à la personnalité et aux faits d'armes du terrible capitaine. Hardi, rusé, impérieux jusqu'à la cruauté, Francis Drake, marin favori d'Élisabeth Ire d'Angleterre, a navigué dans les eaux patagonnes et franchi le détroit de Magellan dans le seul but charitable de piller, deux mille kilomètres plus au nord, les ports péruviens. Déguisée en voyage de commerce, l'expédition ne fut que rapines pour le compte de son chef et celui de sa reine. Malmené par la tempête, son *Golden Hind* dériva jusqu'à la latitude de 56° sud, au-delà du cap Horn, dont il a sans doute entrevu les îlots. Cela lui permit de formuler le premier l'hypothèse que la Terre de Feu était une île et qu'en son sud, là où les géographes imaginaient une avancée de leur mythique *Terra australis incognita*, ne s'étendait qu'une vaste mer.

Puisque nous nous aventurons dans leur domaine, rendons maintenant justice aux véritables pionniers, qui franchirent vers l'ouest l'impossible détroit : un marchand et un marin. La quête des passages a longtemps guidé les aventuriers européens. Raccourcir la route des épices, de la soie, de l'or, des porcelaines... Gagner au plus vite les Indes ou Cipango. Telle fut l'ambition commune d'Henri le Navigateur, de Colomb et de Magellan. Souvent les États, empêtrés dans leurs guerres ou leurs intrigues, laissaient libre cours à des commerçants aussi avides qu'intelligents et hardis. C'est de cette race qu'était Isaac Lemaire, honorable négociant d'Amsterdam. Il s'accorda avec le capitaine Guillaume Schouten pour tenter de tourner le monopole de la route des Indes détenue par la VOC[1]. Si les voies du canal de Magellan et du sud de l'Afrique étaient réservées aux bateaux de la Compagnie, pourquoi ne pas chercher, plus au sud encore de l'Amérique inconnue, un autre chemin ?

C'est ainsi que la *Confiance*, trois cent soixante tonneaux et dix-neuf canons, fut le premier navire européen à tutoyer le cap Horn, le 31 janvier 1616. Poussés par l'ambition, les deux compères et leurs

---

1. VOC : Compagnie néerlandaise des Indes orientales.

hommes affrontèrent le froid, le givrage des gréements et le mauvais temps. Plus encore, ils surmontèrent les histoires de monstres surgissant du ventre de la mer et de géants patagons féroces et toujours prêts à estourbir les marins à l'aiguade. S'ils s'extasièrent, dans ces parages perdus, du vol des albatros et du souffle des baleines, leurs récits témoignent surtout du poids de la peur. Peur jour après jour. Peur devant cette sauvagerie indifférente de la mer et du roc.

C'est cette même émotion qui a traversé les siècles et qui resurgit, intacte, à nos esprits de marins d'aujourd'hui. Nous avançons bardés de prévisions météo et de photos satellitaires, et pourtant le détroit de Drake reste un vrai danger. Pointe la plus australe des terres habitées, point de rencontre des deux plus grands océans du monde, c'est le lieu du globe où s'affrontent des masses d'eau et des masses d'air ennemies. Les unes viennent du chaud, c'est-à-dire des tropiques, les autres du pôle, de l'empire du froid. Et leur combat est activé par la hauteur des montagnes andines et de leur lointain prolongement antarctique. Ici l'homme doit se faire modeste et apprendre, s'il veut avoir une chance de trouver son chemin dans la furie du monde.

Honte aux esprits mesquins de la VOC qui, loin de célébrer l'audace victorieuse de leurs compatriotes, n'y virent qu'un risque de concurrence, qu'une découverte qui pourrait mettre fin à leur voracité ! Dès leur arrivée à Batavia, Schouten et

Lemaire furent traînés en justice. On les accusa d'inventer un passage pour masquer leur forfait, d'avoir indûment emprunté le Magellan. Leur bateau confisqué, ils revinrent en Hollande dans les chaînes, et Lemaire, dit-on, en mourut de chagrin. Les hommes ont des cruautés d'une plus imparable espèce que les quarantièmes rugissants. Les deux héros tombèrent aux oubliettes injustes de l'histoire, mais il reste qu'on nomma ce cap extrême du nom chantant de Hoorne, la ville natale de Guillaume, tant il est vrai que l'on se rassure mieux en donnant à des lieux menaçants des appellations évoquant la sécurité et la paix. Le cap de « Bonne-Espérance » répondait sans doute au même instinct.

Les Espagnols, quelques années plus tard, eurent vent du voyage. Ils vinrent rôder dans les parages avec l'intention d'établir des forts pour protéger leurs possessions sud-américaines. Par la même occasion, ils reprirent la consonance en la déformant, « Hoorne » devint « Horno », qui signifie foyer ou cuisinière. On ne voit pas très bien le rapport, sauf à imaginer qu'il s'agisse du grand chaudron où vents, courants, air et eaux danseraient une infernale sarabande.

***

Mille après mille, nous avançons dans le Grand Passage. Grises sont les eaux et gris le ciel. Bien établi le rythme des quarts : Agnès avec Joël, Olivier et Fabrice, Isa avec Erik. Chacun notre tour, nous enfilons polaire et ciré, posons les mains sur la barre à roue gainée ou sollicitons le pilote automatique. Trois heures de veille sous la capote, de papotage à mi-voix, de thé et de soupe aux asperges. Trois heures à s'affairer ou lire ou rêver dans le carré. Trois heures de sommeil, calés à la diable dans la couchette. Un petit coup discret sur la cloison : « À toi le soin ! », et le ciré attend déjà en se dandinant sur son clou. Jour, nuit, jour, nuit. Le temps en mer n'existe pas. Il ne se mesure qu'à l'avancée des petites croix sur la carte.

VII
Journal d'Isabelle

Autonomie

J'ai ouvert les yeux sans savoir pourquoi. Mon quart est encore loin. Est-ce le temps de se renfoncer sous la couette pour savourer un quart d'heure de farniente ? J'adore cette sensation de s'abandonner au rythme de la houle, quand tout va bien. Il y a juste cet imperceptible bruit de crécelle, au-delà du ronronnement du moteur. Oh, rien du tout... mais de quoi me tirer du lit.

« Agnès, tu entends comme moi ? Non ? Alors j'ai rêvé ? »

Une heure après, je ne rêve pas. La meuleuse, la perceuse, la boîte de clés à pipe encombrent le carré. La question à l'ordre du jour est de refabriquer une patte d'alternateur, sinon, plus d'énergie, plus de lumière, plus de communications ni de météo, plus de pilote automatique.

Les pannes font partie de la vie du marin, j'irai jusqu'à

dire qu'une navigation sans panne est suspecte et qu'il y a une certaine jouissance à faire tout avec rien. Évidemment, c'est toujours ce que l'on n'a pas prévu qui casse. On a beau avoir couru tout ce qu'Ushuaia compte de quincailleries, passé des heures en montage et démontage, la mer a raison de tout. Elle a des arguments puissants comme l'humidité, les chocs, les UV, avec parfois, en renfort, une bêtise de l'équipage. Mais c'est surtout le temps qui, seconde après seconde, transforme un imperceptible frottement en rupture. L'avarie est sœur de la rancune. Elle vous fait payer, des semaines plus tard, le bricolage bâclé et le « ça ira bien comme ça ».

Je me souviens de mon premier tour du monde. Après deux jours de mer, le groupe électrogène a refusé de démarrer. Panique ! Je me voyais déjà course perdue, rentrant tête basse. Je fus heureusement sauvée par mon orgueil : rentrer ? Quelle honte ! Au bout de deux jours supplémentaires, j'avais bricolé un improbable système avec de vieux panneaux solaires et surtout compris la leçon : rien n'est rédhibitoire. La panne est une question d'état d'esprit. Il ne faut pas la laisser faire son importante et vous envahir l'esprit. Il ne faut pas non plus la négliger car elle serait bien capable de s'aggraver pour se venger. Il faut donc continuer à naviguer sans avoir l'air de rien et traiter le problème dès que possible. C'est aussi la leçon que nous donna à tous Michel Desjoyeaux quand il gagna le Vendée Globe en 2000. En panne de groupe électrogène (décidément, les moteurs en bateau !) au fin fond du Pacifique sud, il continua à naviguer en barrant lui même pendant deux jours, pour rester dans un bon vent d'ouest. Lorsque vint l'accalmie, alors qu'il avait eu loisir de réfléchir, il mit en œuvre un bricolage génial. Se serait-il précipité pour réparer en négligeant la marche de son PRB qu'une petite Anglaise fort douée lui aurait volé la vedette.

Le coffre à outils est l'objet de toutes les sollicitudes. S'il comprend quelques machines un peu sophistiquées, il est surtout encombré d'une multitude de bouts de bois, de chutes de tôle et de morceaux de câble patiemment accumulés au titre de « ça peut servir un jour ».

L'entretien, bien sûr, prévient les pannes. Il n'est pas incohérent de compter autant d'heures de bricolage que d'heures en mer. D'autant qu'à la pointe de l'Amérique du Sud le mot « manille » n'évoque pas grand-chose aux commerçants locaux. Il faut faire réparer ses voiles par le cordonnier, le seul à posséder une machine à coudre pour gros tissus.

Quand vraiment le matériel ou l'imagination font défaut pour venir à bout d'une avarie, il faut, selon l'expression pudique inventée en course au large, « fonctionner en mode dégradé », autrement dit, apprendre à s'en passer.

On se passe à peu près de tout en bateau, sauf d'une coque avec un mât et une voile.

J'ai confiance en *Ada*, c'est une bonne fille. Pour tout vous dire, en échange de sa coopération, je lui ai promis une révision complète à Buenos Aires et sept mois de vacances.

À grandes occasions, grands arguments !

VIII

Frontières de vent
Entretien avec Pierre Lasnier

Journal d'Erik

« Il faut rencontrer Pierre. » « Comment, tu n'as pas encore rencontré Pierre ? » « Quelqu'un qui proclame aimer la mer se doit de rencontrer Pierre ! »

Ainsi répétait Isabelle, avant le départ. Devinant que la « rencontre avec Pierre » était un rite initiatique nécessaire avant de m'embarquer pour l'Antarctique, j'avais donc pris l'avion pour... Nice.

À première vue, rien ne prédispose Puget-sur-Argens au statut envié de capitale de l'observation maritime. Ce n'est que l'une de ces localités sans charme du Var, dévorées par l'urbanisation et transpercées par l'autoroute. Et pourtant, ici même, au milieu des grandes surfaces, des magasins « spécialisés depuis vingt ans dans la cheminée de qualité » et des pépinières bi-maniaques (palmiers et oliviers), un certain Pierre, le fameux Pierre, guette, vingt-quatre heures sur vingt-quatre, l'état de toutes les mers du globe.

Un gros chien jaune m'accueille en hochant la tête. Je devine ce qu'il se dit : « Qui c'est, celui-là ? M'a l'air un peu vieux pour préparer le Vendée Globe... » Un humain le suit, la main tendue. À force, Isabelle agace, d'avoir si souvent raison : cet homme-là, Pierre Lasnier, est un trésor. De savoir, de générosité. D'attention aux autres, aussi : celle que donnent les blessures de la vie vaille que vaille cicatrisées.

Jeune, il rêvait de piloter dans l'aéronavale. Un examen médical révèle un défaut d'audition. Il entre à Météo-France, part pour la mer du Nord où il apprend les vagues et la houle. Il n'arrêtera plus. Son trouble de l'oreille l'a contraint à devenir œil.

L'œil de Puget-sur-Argens est comme celui des mouches, constitué d'innombrables facettes. Facettes de plastique : les écrans de l'armée d'ordinateurs alignés sur les tables. Ou facettes de papier : les dizaines de cartes qui tapissent les murs et, notamment, The World Sailing Ship Routes.

Voilà trente ans, Pierre a quitté Météo-France pour monter sa propre entreprise de guet. « Je voulais expérimenter mes méthodes à moi. » Et, depuis tout ce temps, il regarde l'océan et tente d'en prévoir les mouvements. « Qu'est-ce que la houle ? Que sont les vagues ? La mémoire du vent. » L'expérience, une expérience incomparable, est sa première conseillère. Mais des modèles l'aident aussi. « Ah, le modèle allemand GME... » D'autres constructions beaucoup plus sophistiquées l'ont remplacé, Pierre lui garde sa fidélité. « Il ne m'a jamais trahi. »

De ce long, si long entretien avec la mer est né un atlas, *Cliosat*, qui divise la partie liquide du globe en cent soixante *pays*. À chaque pays son système météo, son régime de vents, le caractère de ses vagues.

Ainsi veille Pierre Lasnier sur les coureurs au large et les grands convois : ces plates-formes pétrolières, par exemple, tirées à toute petite vitesse, d'un bout à l'autre de la planète, par d'énormes remorqueurs.

Ainsi protège-t-il ceux qui œuvrent à monter des digues, à creuser des ports ou à forer le fond des eaux. Une houle qui paraît inoffensive (un mètre de haut et trois cents mètres d'amplitude) peut interdire tout travail sur une barge longue de deux cents mètres : le balan de ses superstructures sera trop fort.

Le jour de ma visite, il s'inquiétait pour des ouvrages en cours sur l'île Sakhaline (Pacifique, mer du Japon).

Allongé bien au frais dans la jungle des fils qui pendent des ordinateurs, le gros chien jaune ouvre un œil puis se rendort. Il a dû faire marin dans une vie antérieure. Il sait qu'il peut repartir tranquille dans ses rêves, Pierre et son adjoint Georges vigilent, comme on dit en Afrique.

*
* *

Journal d'Isabelle

```
Attention, Isa, c'est Pierre.
A priori, on est sous l'influence
d'une zone de basse pression qui cein-
ture la Péninsule et qui doit se
déplacer vers l'e entre maintenant et
13-00z pour laisser place à un nouveau
système qui s'annoncera par un voile
nuageux d'altitude et progressive-
ment envahissant. À l'avant du « front
chaud », le vent se renforcera ne/ene
15/20 kt jusqu'à 13-09z et le secteur
chaud (pluie + boucaille) le vent sera
nnw/nw 15/20 kt tempo + 30 à 35 kt jus-
qu'au passage du front froid. Le
centre de la dep passera le 14-12z
alors le vent tournera sud 10/15 kt.
   Voili, voilà,
   Bon courage et bises,
                             Pierre
```

Le message arrive tout brut du satellite dans la cabine humide qui commence à être secouée, vent dans le nez. À l'autre bout, il y a, dans la chaleur méditerranéenne, un homme qui veille devant ses écrans. Par amitié, il a accepté de rester un peu plus tard chaque soir pour accompagner notre traversée du Drake.

Pierre Lasnier, c'est une histoire vieille de vingt ans.

Il était une fois, dans le port de La Rochelle, un petit bateau de course de six mètres cinquante, prêt à en découdre. Sa propriétaire, bleusaille de la course au large, se tourmentait d'oublier un élément essentiel qui lui permettrait de figurer honorablement dans le premier classement de sa vie. Il y avait cette idée de travailler la météo et le nom de Pierre Lasnier évoqué dans une discussion de ponton. Pierre Lasnier, routeur des plus grandes courses océaniques, n'est-ce pas un bien grand manque de modestie pour une débutante ?

L'ambition fait taire les scrupules.

« Faire un peu de météo pour préparer la Mini-Transat ? Bon, arrive deux ou trois jours, on va regarder cela… Combien ça coûte ? Rien cette fois-ci, quand tu auras un grand bateau pour un tour du monde, tu me paieras. »

Un tour du monde ! Comment devine-t-il ce que je n'ai pas encore osé rêver ? Il sera le premier à le prévoir, sans me connaître, sur un simple appel téléphonique. Je n'ai jamais su si c'était une boutade pour masquer sa générosité ou une inspiration prémonitoire.

Au départ de la course, à Concarneau, nous sommes aux prises avec un cas météo que j'ai étudié à l'école Lasnier. J'ai bien enregistré qu'à la voile la route la plus rapide est rarement la plus droite. Je m'écarte à plus de 40° du cap suivi par la flotte et traverse le front froid, j'avais noté dans mon petit cahier qu'il fallait le faire. Deux jours après, je suis en tête. La troisième place au classement final révolutionnera ma vie. Quatre ans plus tard, je suis à Newport, au départ de mon premier tour du monde en solitaire. Pierre est mon routeur.

Et si je n'étais pas allée le voir ? Et si j'avais « tricoté à l'envers dans le front » ? Et si j'étais arrivée trente-deuxième, inconnue et légèrement humiliée ? Une visite à Puget-sur-Argens a peut-être changé ma vie.

Pierre a un secret : son tableau magique. C'est un tableau pour feutre qui semble ordinaire mais, dans le coin, un petit bouton vous crache sur papier la copie des signes cabalistiques dont il vient de couvrir ledit tableau magique. L'emploi de ce chef-d'œuvre de la technologie a pour but d'éviter que son auditoire ne prenne des notes et perde, par là, sa concentration. Car le maître mot de Pierre, c'est « être compris ». Il veut s'assurer que l'on maîtrise les mêmes bases de raisonnement et de calcul pour qu'ensuite la communication reste parfaite avec son interlocuteur secoué, gelé, ensommeillé dans les mers du Grand Sud. Alors il répète inlassablement, couvre et recouvre le tableau de patates figurant dépressions et anticyclones, de flèches représentant les vents et les pressions, se retourne, pose le feutre et ponctue de son célèbre : « Voili, voilà. »

Dans l'instant, il vous semble que tout s'est inextricablement embrouillé. La haute atmosphère jouerait au chat et à la souris avec le fond des mers, les vents dialogueraient avec la côte. Peu à peu, les choses s'organisent. D'abord, il y a la topographie terrestre et maritime, puis les mouvements des masses d'eau, des masses d'air, ensuite les différents tempos de tout ce petit monde, chacun dans son coin, et l'influence des uns sur les autres.

L'essentiel, c'est d'être en phase. Rien ne sert de forcer contre le vent ou la mer, mieux vaut ruser, contourner, éviter et, en dernier ressort, attendre. Notre société pressée a l'attente en détestation. La météo nous fait un pied de nez et attendre devient parfois le plus court des chemins.

IX
Frontières d'eaux I : la convergence

L'océan n'est pas plat. Ne parlons pas des montagnes liquides que des tempêtes facétieuses lèvent sous les étraves des marins, mais plutôt de ces collines et vallons que les écarts de la gravité terrestre dessinent. Il a fallu des satellites, couvant la planète d'un œil curieux, pour s'en apercevoir : la mer a des variations d'altitude qui ne doivent rien au mouvement des marées ou aux fantaisies météorologiques.

L'océan n'est pas uniforme. À ceux qui s'inquiéteraient du risque d'ennui devant ces 360° d'horizon, on répondra aisément qu'il y a autant de paysages sur mer que sur terre. Il suffit de regarder. La couleur de l'eau, violette, émeraude, noire ou gris argent, la forme des nuages, la gent à plumes ou à écailles, tout varie, tout est matière à observation, tentative de compréhension, jubilation.

Sous « le déroulement infini de sa lame », que

notait le poète, l'océan cache une infinie variété de petites différences aux grandes conséquences. Chaque masse d'eau se caractérise par sa température et sa salinité. Chacune se trouve bien comme elle est et ne voit nullement l'intérêt de se brasser avec les voisines. Eaux salées et eaux douces, eaux chaudes et eaux froides ont donc tendance à se regarder en chiens de faïence de chaque côté de barrières plus étanches que nos frontières humaines. L'océan manque cruellement de lois organisant la mixité. Seuls les courants parviennent à mélanger ces eaux ennemies.

Les marins franchissant ces invisibles lisières savent qu'ils entrent ainsi dans de nouveaux pays. Remontez la côte américaine, par exemple, de Washington à Boston : en moins d'une heure vous quitterez le T-shirt pour la polaire et l'eau passera du vert au gris ardoise.

Notre première frontière d'eau, nous l'avons franchie en avion sans nous en apercevoir. On l'appelle *front subantarctique*. Elle serpente mollement aux alentours de 45° sud, flirtant jusqu'à 50° sud près des îles Kerguelen, flânant au nord de la Nouvelle-Zélande et du cap Horn. Elle matérialise le lieu de plongée des eaux froides et lourdes venant du pôle sous les eaux chaudes et légères arrivant des tropiques. Dans leur détestation, les deux masses semblent glisser l'une sur l'autre en s'ignorant. Selon les mois et les années, l'une gagnera temporairement quelques kilomètres en latitude, petite victoire qu'un autre caprice climatique défera.

Les océanographes, dans leur sagesse d'observateurs, font commencer l'océan Austral à cette convergence. À partir de là, nos trois grands océans, Atlantique, Indien et Pacifique, se fondent en un grand tout circumpolaire.

***

Nous naviguons depuis trois jours. La température de l'eau oscillait jusqu'à présent autour de huit degrés, comme dans le canal de Beagle. Olivier s'approche de l'évier. Ce soir, c'est son tour de vaisselle. Son pied droit appuie sur la pédale qui déclenche la pompe. L'eau de mer coule du robinet. Le commentaire est sobre :

– Elle est froide. Nous y sommes.

Nous venons d'arriver à la deuxième barrière océanique : le front polaire qui court la planète à la hauteur du 55e parallèle. À nouveau des eaux plus froides venant du sud s'immiscent sous celles relativement plus chaudes que nous connaissons. Avec une mer à deux degrés, les onglées vont commencer. L'air devient plus frais et chatouille les narines malgré le beau temps inespéré qui nous accompagne. Un léger voile de brume se lève, fruit de la condensation. Il va protéger le mystère du Sud. Chaque fois que c'est possible, nous nous blottissons sous la capote où remonte un peu de la tiédeur du carré.

Avec ce front polaire, nous entrons dans l'océan Antarctique. Est-ce une subtilité inutile que distinguer un océan Austral d'un autre, Antarctique, quand ils n'ont aucune frontière visible ? Ce serait mépriser ces petites différences physiques et chimiques qui, d'un bout de la planète à l'autre, séparent, par exemple, les terres à blé de celles à vigne. Du plancton à la baleine, en passant par les oiseaux, ce front va opérer une sélection draconienne.

S'il faut trouver une barrière, la voici : au-delà commence le Grand Sud. Ne resteront que les vrais amateurs de froid. L'*Antarctic Pilot* résume son importance en termes concis : « La convergence antarctique forme probablement la limite nord des glaces dérivantes... »

Nos quarts se peuplent alors de l'attente de la première glace. Nous la désirons, nous sommes venus pour elle, mais l'angoisse ne nous quitte plus : nous savons que sa caresse peut être brutale, et que notre coque est fragile. À chaque instant, dans le jour devenu quasi permanent, l'œil s'égare et guette à l'horizon.

Cette convergence est une sorte de rideau de scène. Les acteurs viennent s'y présenter : le vent, le froid, le grand, le loin. Jusqu'alors nous avions plutôt l'impression d'explorer les limites d'un système connu.

Reste à se jeter dans l'ailleurs.

X

Frontières d'eaux II :
le courant circumpolaire

Ce détroit de Drake où *Ada* taille aujourd'hui sa route fut jadis une terre. L'idée qu'ils auraient pu passer ici à pied fait enrager nos trois victimes du mal de mer. Trop tard ! Nous arrivons vingt-cinq millions d'années trop tard ! Il nous faut gagner la Péninsule la main sur les écoutes et l'estomac chaviré.

L'Antarctique n'a pas toujours été austral et froid.

Quand notre planète n'était qu'une enfant, il y a trois cents millions d'années, elle ne portait qu'un continent unique : la Pangée. Après bien des craquements, bien des éruptions volcaniques, des collisions et des tremblements de terre, un gros morceau s'en détache et dérive lentement vers le pôle Sud. Le climat y reste tempéré grâce aux courants marins venant du nord qui apportent une tiédeur favorable à la vie. Nous aurions donc côtoyé ici, en lieu et place de la houle, quelques marsupiaux gambadant au milieu des fougères géantes.

Après bien d'autres épisodes et d'autres millions d'années, ce continent se disloque. La partie qui va devenir l'Amérique du Sud se sépare et remonte vers le nord.

Cette rupture va être déterminante. L'Antarctique se détache de toutes les autres terres émergées. Il se crée un passage de plus de mille kilomètres : notre détroit de Drake. Les eaux se mettent alors à circuler tout autour de la planète, poussées par les grands vents d'ouest. De la surface, la circulation gagne la profondeur. Une nouvelle machine océanique est née : le courant circumpolaire.

Aux environs du 50e sud, il bloque l'arrivée des courants chauds venus du nord. Comme muré dans sa solitude par cet anneau d'eaux froides, l'Antarctique va alors entamer sa descente en température.

Plus il se couvre de neige et de glace, c'est-à-dire de blanc, mieux il renvoie les rayons qui le frappent, plus son pouvoir de capter la chaleur du soleil (son *albédo*) diminue. Il plonge toujours plus vers les profondeurs du thermomètre. Peu à peu la vie cède et ne laisse subsister que quelques espèces adaptées : bactéries, mousses, lichens, oiseaux et mammifères marins. La plupart d'entre elles se trouvent en Péninsule, au climat légèrement plus océanique et plus doux.

La Péninsule, ce bras tendu vers le nord en direction du cap Horn, ressemble à un dernier signe, un geste d'adieu à l'exubérance disparue.

Le détroit de Drake a donc joué un vilain tour à ce continent autrefois fertile.

Le courant circumpolaire, lui, semble avoir eu à cœur de n'être pas seulement un trouble-fête. Ce tapis roulant qu'empruntent avec bonheur les concurrents du Vendée Globe, dans leur course vers l'est, se révèle l'un des acteurs majeurs du climat.

Qui connaît cet immense fleuve, le plus grand de la planète ? Mille kilomètres de large, vingt-quatre mille de long, charriant cent cinquante millions de tonnes d'eau à la seconde, cent cinquante fois plus puissant que tous les fleuves du monde réunis. Il ridiculise un Gulf Stream au mieux de sa forme. Sa surface désordonnée, agitée par les vents, génère des déferlantes dont le souvenir se perpétue dans tous les bars à marins du globe. Mais, en son cœur, ce roi des courants est un géant calme. Il prend ses aises et avance à son train de sénateur, guère plus d'un kilomètre à l'heure. Il lui faut trois ans pour faire le tour de la Terre.

Sans vouloir lui manquer de respect, le courant circumpolaire agit comme une vulgaire cuillère ; une cuillère de taille mondiale brassant notre planète bleue. Les trois océans, l'Atlantique, l'Indien et le Pacifique, lui amènent leurs eaux qu'il va savamment mélanger comme un pâtissier incorpore peu à peu des ingrédients.

Cette pâtisserie australe a tout du mille-feuille. Un mille-feuille à quatre étages.

L'eau froide est plus lourde que l'eau chaude, et l'eau salée plus lourde que l'eau douce, tous les baigneurs vous le diront. En hiver, quand près de mille kilomètres de mer gèlent, emprisonnant l'Antarctique dans son écrin blanc, la banquise en formation excrète son sel. Cette eau très froide et sursalée n'a d'autre choix que de plonger vers les abysses. C'est la première couche.

Du nord arrivent d'autres eaux, des eaux anciennes, tellement anciennes qu'elles auraient pu connaître chevaliers et troubadours. Elles vont remonter après un tour de piste plus ou moins long autour du continent antarctique. C'est la deuxième couche.

La troisième couche, toujours en s'éloignant du fond, est occupée par les eaux de fonte d'été, froides et peu salées. La quatrième et dernière couche, chaude et salée, se tient en surface et vient des tropiques.

Qu'elles le veuillent ou non, voici nos particules d'eau, méthodiquement brassées, obligées de s'échanger leur chaleur au bénéfice de la Terre tout entière. Sans ces tapis roulants océaniques, notre planète ne serait qu'extrêmes froids ou chauds, en tout cas bien peu vivables.

Paradoxal courant circumpolaire ! Ogre de la vie antarctique qu'il a dévorée il y a vingt-cinq millions d'années, il est aussi la bonne fée du climat, régulant, apaisant, favorisant finalement cette même vie partout ailleurs.

Pour compléter ses bienfaits, la plongée de ces eaux profondes emprisonne pour des siècles les gaz à effet de serre comme le dioxyde de carbone. L'océan Austral, parce qu'il est le plus froid, capte à lui seul trente pour cent des gaz absorbés par la totalité des océans.

Mais le colosse a des pieds d'argile. Le mouvement des masses d'eau profondes n'a que deux causes : les différences de température et de salinité. Dans un milieu globalement froid, la teneur en sel devient déterminante. Que les glaces continentales fondent, que la banquise diminue de taille, rejetant moins de sel lors de sa formation, qu'il pleuve plus ou moins, et notre géant pourrait être désorienté, affaibli, peut-être à l'agonie. La pompe pourrait s'enrayer, les échanges ralentir. Le déséquilibre du climat s'accélérer. Scénario catastrophe ? Nous n'en sommes pas là. Mais on en sait peu, si peu sur ce grand serpent d'eau froide. Depuis des années les missions scientifiques se succèdent, cherchant sous sa surface grise la clé de ce délicat fonctionnement.

L'océan Austral, si redouté, souvent maudit, devient l'objet des sollicitudes humaines.

Au moment même où nous peinons, quart après

quart, en direction du sud, le CNRS arpente le même détroit de Drake, posant tous les cinquante kilomètres une guirlande de capteurs entre le fond et la surface. Dans un an, on viendra récupérer les ordinateurs étanches qui ont emmagasiné les données. On en connaîtra peut-être un peu plus sur le grand mille-feuille austral.

XI
Le signal des oiseaux,
l'écho des fantômes

Aux premiers navigateurs, ce furent les vents qui indiquèrent les routes : on suivait leur souffle. Et c'étaient les oiseaux qui signalaient la proximité d'un continent. « Toute la nuit, ils entendirent des oiseaux », relate Las Casas. Il parle d'une nuit particulière et d'un voyage d'importance : nous sommes entre le 7 et le 8 octobre 1492 et nous naviguons sur le bateau de celui qui, très bientôt, va devenir amiral de la mer Océane, Christophe Colomb.

Nos oiseaux à nous, les oiseaux du Grand Sud, ont ceci de particulier qu'ils annoncent plutôt le large : leur pays, c'est la mer. Ils volent d'autant plus nombreux dans le ciel que les terres sont lointaines et qu'il fait bon vent.

Tel est notre cas aujourd'hui, 12 janvier 2006 :

nous nous trouvons au milieu du Drake, à deux cents milles de toute terre émergée.

Il paraît que certaines personnes libres de leur temps, dégagées de tout souci financier et curieuses de la nature parcourent le monde en compagnie d'un botaniste particulier, ou d'un géologue, ou d'un entomologiste. Le savant nomme, explique, raconte, et le riche s'en trouve ravi, peut-être aussi rassuré : l'idée, sans cesse vérifiée, que l'ordre règne, que tout s'explique et tout se classe ne peut qu'apaiser.

De tels couples se rencontrent un peu partout, mais il semblerait que le Sud les attire : on en a vu débarquer beaucoup aux Falkland, en Géorgie et aux Kerguelen.

Nous jouissons aussi de ce luxe.

Le CNRS, laboratoire de Chizé, nous a envoyé un jeune ornithologue, Fabrice Le Bouard, avec mission de compter. Et, nous l'avons dit, il compte.

Sa méthode suit un protocole précis. À chaque heure pile, il monte sur le pont avec ses jumelles, un carnet vert et un crayon. Il s'installe de manière confortable. Et, dix minutes durant, regarde la portion de ciel qui lui fait face, rien qu'elle. Chaque oiseau est noté, ainsi que son espèce, sa taille, son comportement (suit-il notre bateau ou se contente-t-il de passer, indifférent ?), la proximité éventuelle d'une baleine, l'état de la mer, la force du vent et notre position sur la carte, à la seconde près...

Si d'aventure cet ouvrage tombe sous les yeux

des employeurs de Fabrice, nous leur disons notre admiration : leur missionnaire s'est acquitté de sa tâche avec une conscience de tous les instants. Un gros seau vert complétait son attirail. Il y vomissait avec discrétion, soit juste avant de cocher un damier du cap ou un chionis supplémentaire, soit juste après.

C'est grâce à ce héros du comptage que nous avons pu établir le semblant de cartographie aviaire qui va suivre.

Le ciel de la haute mer atlantique est désert. En guise d'oiseaux, le navigateur ne croise que des poissons volants.

Le ciel austral, lui, est peuplé.

Peut-être pour se faire pardonner les tempêtes et le froid, il ne laisse jamais le voyageur seul.

L'une après l'autre, descendant vers le sud, on traverse des frontières. Frontières invisibles, frontières mouvantes. Mais frontières qui valent bien les nôtres. Ce sont les frontières de fluctuants royaumes. Des royaumes sans exclusive, des royaumes qui se recouvrent et se superposent : les royaumes des oiseaux.

Étant donné que les nuages, le plus souvent, cachent les étoiles, c'est par le guet des oiseaux qu'on peut se faire une idée de l'endroit du Grand Sud où l'on se trouve.

À l'avant-garde du Sud, dans le canal de Beagle, nous avions croisé des centaines de cormorans.

Rien de plus banal : dès qu'il y a de l'eau quelque part, salée ou douce, ces goinfres se pointent. À la pointe de l'Amérique latine, il s'agit principalement de deux espèces : l'Impérial et le Magellan. Mais, plus nouveau, nous avions aussi fait la connaissance des skuas du Chili et des goélands dominicains.

C'est là, entre Argentine et Chili, entre Ushuaia et Puerto Williams que nous avions salué notre premier albatros. Un albatros « tout petit » (albatros à sourcils noirs), au vol timide, étriqué. Un albatros de basse-cour. À croire qu'il avait été engagé par les municipalités pour ébahir les touristes.

De même les pétrels dits géants : ils n'avaient pas encore atteint une taille qui mériterait leur qualificatif.

Quant à la colonie de manchots Magellan, installée sur l'est de l'île de Gable, on aurait dit des animaux de volière : à heure fixe, des Zodiac pleins d'appareils photo viennent leur rendre visite. Il paraît que certaines agences organisent même des pique-niques pour offrir aux voyageurs, moyennant supplément, une invitation à la vie sauvage.

Dès notre arrivée en haute mer, l'univers avait changé, avec d'autres habitants.

Pour fêter notre entrée dans le Drake, quelques puffins fuligineux nous avaient fait un bout de conduite. Mais, très vite, les oiseaux du grand large avaient pris le relais : les hirondelles de mer, peu semblables à leurs sœurs terrestres, plus larges d'ailes, moins fantaisistes dans le vol (de leur vrai nom océanites de Wilson ou à ventre noir ; en Bretagne, on les appelle aussi pétrels tempête, bien connus dans l'archipel de Molène) ; les sternes, toujours aussi vives, pointues, élancées ; les prions de Belcher ; les prions de la Désolation, qu'on reconnaît notamment au grand W noir dessiné sur leurs ailes et leur dos ; tandis que l'albatros se faisait géant (on a baptisé cette espèce du qualificatif « hurleur » : jusqu'à trois mètres vingt d'envergure). De même, le pétrel avait enfin grandi : plus de deux mètres d'une pointe de l'aile à l'autre. Et son cousin l'avait rejoint ; sa couleur est plutôt bleue (*Halobaena caerulea*).

Quatre jours passèrent ainsi, en compagnie inchangée.

Mais, depuis ce matin, voici que se multiplient les damiers du Cap, que les cormorans reviennent, qu'arrive le premier fulmar antarctique (camaïeu de gris pour le corps et les ailes, très délicat bec rose à pointe noire). Pas besoin de consulter la carte : ces nouveaux amis nous avertissent que la terre n'est plus loin.

*
* *

À mesure que nous approchons, la fièvre monte à bord, propice aux visions. Nous avons tant lu, avant de venir, et tant rêvé. Comment ne pas éprouver les mêmes émotions que ceux qui nous ont précédés dans ces parages ?

Il y eut d'abord la certitude des philosophes du Moyen Âge.

Au sud, répétaient-ils doctement, est la cinquième partie du monde. Il faut, pour équilibrer les masses boréales, une masse émergée de même dimension dans les mers australes, faute de quoi la planète risquerait de tomber dans le cosmos. Dieu, dans Son absolue sagesse, ne peut avoir créé que l'harmonie et l'ordre. Symétrie des mondes nord et sud, symétrie des terres émergées...

Suivit l'enthousiasme des explorateurs.

« Quelle carrière pour les sciences ! Un monde nouveau, peut-être aussi grand que l'ancien, un continent inconnu, séparé des autres ; peut-être des minéraux, des végétaux, des animaux et même des hommes singuliers, en un mot, un nouveau genre de choses pour la Physique et la Morale[1]. »

Puis éclata la fureur de Cook.

Il fut le premier à franchir le cercle polaire antarctique et tellement déçu de n'avoir pu continuer vers le sud... Il réagit en amoureux éconduit par sa belle. Puisqu'elle n'est pas pour lui, elle ne sera à personne : « Je puis affirmer que les terres qui se trouvent éventuellement plus au sud ne seront jamais explorées. Les brouillards épais, les

---

1. Bouvet de Lozier, navigateur, en 1733.

tempêtes de neige, le froid extrême rendent la navigation dangereuse. Ce pays est condamné par la nature à une rigidité éternelle que ne rompra jamais la chaleur du soleil[1]. »

Les écrivains, les poètes prirent le relais. Ils n'avaient jamais voyagé ailleurs que dans leurs têtes. Rien n'entravait leur imagination. Ils proposaient des merveilles au-delà de la double barrière des icebergs et du mauvais temps : une mer intérieure permettant de passer de l'Atlantique au Pacifique. Une sorte de lac salé aux rives calmes qui raccourcirait les circumnavigations !

Quelque part, écrivaient-ils, dans cette immensité blanche, nous découvririons bientôt les traces de civilisations disparues, prises au piège de quelques cataclysmes. Des êtres aussi parfaits et purs que leur gangue de cristal, une forme révolue d'humanité. Un royaume de glace. N'est-ce pas la glace qui conserve, qui fige pour l'éternité ? N'a-t-on pas retrouvé intact le corps du malheureux Scott ?

Les explorations d'aujourd'hui ne confirment-elles pas ces intuitions vertigineuses ?

Un jour des années 1960, une équipe de géologues a prouvé l'existence de lacs immenses, enfouis sous les milliards de tonnes de l'inlandsis, au contact du socle rocheux. Près de cent cinquante

---

1. Cook en 1776.

lacs, nés de la pression de la glace et de la chaleur du substrat, certains de la taille de la Corse et peut-être des rivières souterraines ! Un nouvel eldorado pour les chercheurs, un nouvel univers à portée de carottier ! Qui sait quelles bactéries inconnues, quelles formes nouvelles et révolutionnaires de vie, quel chaînon manquant recèlent ces eaux fossiles ?

C'est ainsi que nous progressons vers le sud, hantés tantôt par un rêve, tantôt par un autre. Ces derniers temps, notre équipage s'est accru d'innombrables fantômes.

XII

Journal d'Erik

Vive la communauté internationale !

– Soixante degrés !

Le cri d'Isabelle m'arrache à mes rêveries et me replonge dans le droit d'où, avouons-le, j'étais, quoique conseiller d'État, à cet instant fort éloigné.

60° 00′ 01″, 60° 00′ 02″...

L'écran du GPS confirme l'annonce. Nous pénétrons dans un espace à nul autre pareil sur notre planète.

Je cours dans ma cabine chercher le texte du traité sur l'Antarctique. Je me souviens qu'il a été signé le 1er décembre 1959, à Washington, par douze pays, bientôt rejoints par trente-trois autres. Je veux relire le préambule. Ce n'est pas tous les jours que la langue juridique est si belle. Peut-être faut-il qu'elle porte une grande ambition ?

« Les gouvernements de l'Argentine, de l'Australie, de la Belgique, du Chili, de la République française, du

Japon, de la Nouvelle-Zélande, de la Norvège, de l'Union sud-africaine, de l'Union des républiques socialistes soviétiques, du Royaume-Uni de Grande-Bretagne et d'Irlande du Nord, et des États-Unis d'Amérique,

« Reconnaissant qu'il est de l'intérêt de l'humanité tout entière que l'Antarctique soit à jamais réservé aux seules activités pacifiques et ne devienne ni le théâtre ni l'enjeu de différends nationaux ;

« Appréciant l'ampleur des progrès réalisés par la science grâce à la coopération internationale en matière de recherche scientifique dans l'Antarctique ;

« Persuadés qu'il est conforme aux intérêts de la science et au progrès de l'humanité d'établir une construction solide permettant de poursuivre et de développer cette coopération en la fondant sur la liberté de la recherche scientifique dans l'Antarctique et telle qu'elle a été pratiquée pendant l'Année géophysique internationale ;

« Persuadés qu'un Traité réservant l'Antarctique aux seules activités pacifiques et maintenant dans cette région l'harmonie internationale, servira les intentions et les principes de la Charte des Nations unies ;

Sont convenus de ce qui suit. »

Et c'est ainsi que le continent antarctique est devenu un royaume sans roi, une nation sans hymne ni drapeau, une étendue sans frontières, le seul lieu du monde où personne ne peut vous demander vos papiers. Une immensité, bien de l'humanité, consacrée à la Science et à la Paix.

La communauté internationale, souvent si déchirée ou

timorée, et, par suite, impuissante, avait prouvé là son existence et son irremplaçable utilité.

Trente ans plus tard, les appétits se réveillèrent. Certains pays, faux nez de compagnies minières ou pétrolières, voulurent qu'on revienne sur l'esprit du traité : pourquoi cette réserve ? Pourquoi ce manque à gagner ? Pourquoi ne pas autoriser l'exploitation des richesses du continent ? Cette campagne était près de triompher. Sans l'action de trois hommes, il est à prévoir que la banquise serait aujourd'hui parsemée de derricks et les rochers sous-jacents creusés en tout sens.

Dans les années 1980, Michel Rocard avait été ministre de l'Agriculture du président Mitterrand. Lors de difficiles négociations, il s'était lié d'amitié avec de hauts responsables de Nouvelle-Zélande et d'Australie. Lesquels l'alertent en 1990 : l'Antarctique est menacé. Michel Rocard est alors Premier ministre. Sa décision ne tarde guère. Il s'allie avec son homologue australien Robert Hawk. Il faut convaincre un à un tous les signataires du traité, et d'abord les États-Unis. Comment faire changer d'avis cette grande nation productiviste si peu soucieuse de l'environnement de la planète ? Jacques-Yves Cousteau est chargé de la mission. Sa célébrité est grande. Grâce à l'homme au bonnet rouge, des dizaines de millions de téléspectateurs ont appris les mystères de la mer et les fragilités de la nature. Durant des mois, sans ménager sa peine, il va rencontrer tous les Américains possibles, dont quarante sénateurs et le président George Bush (le père). Devant chacun, il plaidera, avec passion et compétence.

Et, le 4 octobre 1991, victoire !

Un protocole est signé à Madrid, qui complète le traité.

Article 2 : « Les Parties s'engagent à assurer la protection globale de l'environnement en Antarctique et des écosystèmes dépendants et associés. »

Article 7 : « Toute activité relative aux ressources minérales autre que la recherche scientifique est interdite. »

Ce protocole est entré en vigueur le 14 janvier 1998, sitôt que ratifié par toutes les parties.

L'interdiction de toute exploitation dure cinquante ans, jusqu'en 2041. Et même beaucoup plus, puisqu'elle est indéfiniment renouvelable.

Et si le continent vers lequel nous nous approchons était, malgré sa rudesse, un haut lieu de la civilisation, l'un des rares endroits de la Terre où la communauté des hommes s'est montrée à son avantage ?

DEUXIÈME PARTIE

Mer de Weddell

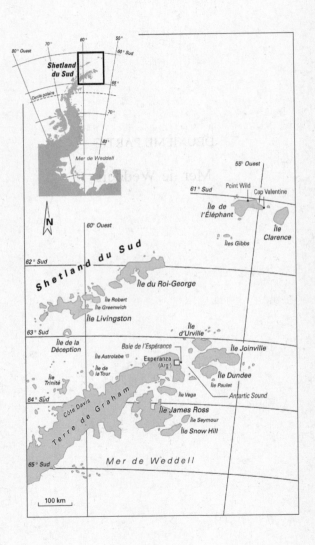

En ce 23 février 1823, James Weddell, capitaine de la *Jane*, regardait folâtrer des centaines de baleines mégaptères. L'équipage applaudissait à leurs facéties. Elles se plantaient droit dans l'eau et restaient là, agitant mollement la queue comme un éventail, puis soudain bondissaient et se laissaient retomber à plat comme un gosse profitant d'une flaque. Des milliers d'oiseaux striaient le ciel, des prions bleus. Aucune glace à l'horizon, pas le moindre petit iceberg. 74° 15' sud, une latitude proprement inouïe sur cette longitude de 34° 06' ouest !

Une fois n'est pas coutume, notre capitaine fut prudent. Il fit tirer le canon, distribua le double de rhum et reprit la route du nord.

Il fallut quatre-vingts ans pour qu'un autre bateau parvienne à ce très Grand Sud. Au point que de mauvaises langues émirent des doutes sur la réalité du voyage de la *Jane*.

Mais, pour toujours, une nouvelle mer était nommée : la mer de Weddell.

La carte polaire sud, en projection stéréographique N° 5879 G, est, de loin, notre favorite. L'Antarctique y occupe le centre et la quasi-totalité de la feuille, rejetant comme des excroissances inutiles les pointes de l'Amérique, de l'Afrique et de l'Australie.

La mer de Weddell figure comme une morsure géante infligée au continent juste en face de l'Atlantique. L'immense baie se referme à l'ouest par la Péninsule qui s'étend jusqu'à 64° sud. À l'est, elle est limitée à hauteur de 70° sud par des terres aux noms aussi poétiques que mystérieux : terre Dronning Maud, côte Kronprinzesse Martha ou côte de Caird.

Quels formidables espoirs, quels appétits d'explorateurs a fait naître cette baie ! Elle semblait tendre ses bras de glace à d'audacieux chasseurs de pôle. D'autant plus que les archipels des Shetland, des Orcades, ou la Géorgie pouvaient servir de bases avancées. Mais la belle était perfide. L'*Antarctic Pilot* est formel : « Les parties centrale et ouest de la mer de Weddell sont totalement gelées toute l'année et les plates-formes de Filchner et de Ronne, dans l'est, sont généralement inaccessibles. »

Circulez, il n'y a rien à voir, sauf des falaises de glace de vingt à trente mètres de haut.

L'*Antarctic Pilot* poursuit, pour ceux qui seraient quand même tentés par la croisière : « La limite des glaces peut varier de trente milles par jour. »

Comprenez que, à tout moment, vous pouvez vous faire coincer, puis écraser.

La mer de Weddell est bordée de plates-formes glaciaires. La plate-forme glaciaire (*ice-shelf*) est un étrange objet géographique, pas tout à fait terre mais pas encore mer. C'est l'exutoire des milliards de tonnes de glace qui coulent du continent et restent solidaires de la côte, tout en flottant déjà. Portée par la puissante respiration de la marée, sa surface n'est qu'un chaos insensé de crevasses qui défendent la citadelle antarctique mieux que tous les chevaux de frise.

À force d'être travaillées par les eaux, les plates-formes finissent par débiter de jolis cubes aux arêtes vives. Ils pèsent quelques millions, voire quelques milliards de tonnes. Ils n'auront de cesse que de venir percuter la coque des navires imprudents. Telle est l'autre raison qui rend la mer de Weddell tout à fait désagréable à fréquenter.

Sachez pour terminer que, dans cette mer pleine de charme, un courant tourne dans le sens des aiguilles d'une montre. Il accumule les icebergs dans la partie occidentale. Arrêtées par la côte de la Péninsule, les glaces entament une furieuse partie d'autos tamponneuses, puis tentent de s'échapper en empruntant l'Antarctic Sound, étroit couloir entre les îles à la pointe nord de la Péninsule.

C'est là que nous avons décidé d'aller.

I
Le peuple des icebergs

Bourguignon, floe, crêpe, hummock, frasil, iceberg, nilas, *ice-shelf*, banquette, *bergy bit*, gadoue, pack, sorbet, tabulaire... Nous entrons dans un autre monde. Il faut apprendre à parler une autre langue : celle de la glace. Tous ces mots pour ne parler que de l'eau ! Plus ou moins gelée, plus ou moins salée, plus ou moins compacte. Chacun de ces mots décrit une taille, une couleur, une dureté ; en chacun résident un danger spécifique, une stratégie d'approche.

Tous les voyageurs du Grand Sud attendent leur premier iceberg avec l'impatience d'un comédien entrant en scène ; beaucoup d'espoir, et, plus encore, du trac.

L'horizon est vide. Soudain l'œil accroche une verrue qui, de loin, paraît sombre. On sort les jumelles, les pas se précipitent sur le pont et les exclamations tirent de leur sommeil ceux qui n'étaient pas de quart. Les voilà ! Voilà les premières glaces !

Ces avant-gardes sont souvent massives. Elles ont déjà voyagé et seule leur masse les a protégées de la sournoise érosion de la mer. Ce sont quelques gros tabulaires, aux arêtes nettes, aux parois d'un blanc éclatant ; monstrueux parallélépipèdes taillés par la hache d'un géant. Seules les fines stries plus ou moins bleutées témoignent des milliers d'années qui ont façonné leur existence. La nature est méthodique. Elle a le temps. Sur un arbre coupé, une science au nom délicieux de dendrochronologie sait donner un âge, repère les saisons sèches, les accidents climatiques. De même la glace raconte sa propre histoire à qui sait la lire.

La neige tombe, la couche s'épaissit, peu à peu elle va se tasser pour se transformer en glace. Mais en son cœur un peu d'air reste captif. Chaque année marque ainsi son territoire par une couche identifiable, trahissant quelques-uns des secrets de la Terre : les poussières de l'éruption volcanique du Krakatoa, les traces de DDT utilisé massivement après la Seconde Guerre mondiale, les éléments radioactifs du drame d'Hiroshima... Dans le secret du grand continent, la glace est un archiviste maniaque qui recueille ce que le vent lui confie et le couche sur des pages translucides et bleutées.

Un jour, un glaciologue en mission en Antarctique eut, dit-on, l'envie de rafraîchir son whisky.

Il n'avait que deux pas à faire pour se fournir en glace. Imaginons notre homme, dans le grand silence austral. Il approche le verre de son visage, prêt à goûter le réconfort après une dure journée de labeur. Dans le liquide ambré, le petit cube craque légèrement. Du glaçon filtrent des bulles minuscules.

— Eurêka ! s'écrie-t-il. Ces bulles d'air, évidemment, se sont formées en même temps que la neige s'entassait couche après couche et se transformait en glace. Ce sont des « fossiles » de l'atmosphère terrestre. Étudions-les, décortiquons leur composition chimique et nous connaîtrons les conditions de la vie aux ères passées ! Creusons, creusons encore, plus nous irons profond, plus nous remonterons dans le temps !

L'intuition géniale fut sans doute moins triviale, plus méthodique, plus besogneuse. Quoi qu'il en soit, nous lui devons, depuis une vingtaine d'années, des avancées majeures dans la connaissance de l'histoire climatique de notre planète. Car l'Antarctique n'est pas avare de glace. En son centre, plus de quatre mille mètres accumulés permettent de remonter neuf cent mille ans en arrière. Ces recherches ont été le point d'ancrage de la théorie sur le réchauffement climatique où l'influence de l'homme est perceptible dans les cinquante dernières années.

***

Un, puis deux, puis vingt. Plus on s'approche de la matrice, plus ils s'ébattent à leur aise. De leur nombre naît la diversité. Ils sont tours, créneaux, clochers. Ils sont chevaux, coqs, lions, baleines ou tortues. Ils sont arches, vases, cloches et dentelles. Le géant de tout à l'heure a jeté sa hache pour prendre son burin. Chacun est une œuvre éphémère et sans public. L'imagination court d'une crête à l'autre, s'inventant un théâtre muet et immobile.

Il est des jours de soleil. Chaque angle, chaque paroi, chaque face polie se joue de la lumière, diffracte, réfléchit, absorbe. Il est des jours de brume. Chacun s'enferme dans son cocon de solitude mélancolique et vaguement inquiétante.

Ils sont grands, petits, hauts, plats, torturés, lisses. Certains ont des reflets d'émeraude ou d'aigue-marine, portent parfois une trace sombre de terre ou quelques pierres orphelines.

Ils sont à l'infini, comme un immense moutonnement figé.

Le peuple silencieux des icebergs.

Aujourd'hui, le vent fainéante entre deux et quatre nœuds. Sur la peau lisse de la mer, notre voisin blanc est posé là, comme un vieillard goûtant le soleil. Vieillard ! Archivieillard ! Peut-être était-il déjà né avant que l'homme ne se redresse dans la savane ? Quelque part dans le ventre dur de l'Antarctique, il a lentement mûri, écrasé, compressé par l'irréversible accumulation de neige. Il a coulé, majestueux, depuis les grands sommets, emporté par les fleuves-glaciers. Lentement, lentement, il a atteint la côte. Incapable de se détacher de sa mère patrie, il est resté quelques siècles encore solidaire du continent, flottant déjà, formant cet *ice-shelf* qui donna tant de fil à retordre aux explorateurs. Finalement, irrémédiablement rejeté vers la mer, sculpté par la houle et les courants, il a lâché prise. Ainsi il s'est retrouvé iceberg, fier de sa toute neuve liberté. Une autre existence a commencé.

Il en va de la vie des icebergs comme de toutes les autres, ce n'est qu'une lutte pathétique et inutile contre l'anéantissement. Mais trêve d'anthropomorphisme. L'iceberg n'est, quelle que soit sa taille, qu'un vulgaire agrégat de molécules de H_2O sous forme solide. Environ quatre cinquièmes immergés, un cinquième émergé, selon les lois de la densité. Il est hautement sensible à l'action des vents et des courants. Ceux-ci, fonction de la météo ou des marées, vont l'entraîner dans d'improbables divagations, mais, au final, il va prendre la route du nord. Les eaux à peine plus chaudes, mais surtout les vagues, le vent et le soleil vont l'attaquer, le ronger, le détruire. Quelques pachydermes vont résister. On en a vu flirter avec la latitude de Buenos Aires. Ceux qui ont les honneurs de l'observation satellitaire au point de recevoir un nom mettront plus de dix ans à fondre. On n'ose imaginer une rencontre avec C-18 (soixante-seize kilomètres sur huit) ou B-15 (onze mille kilomètres carrés). Le plus gros monstre répertorié par l'homme mesurait trois cent trente-cinq kilomètres sur quatre-vingt-dix-sept !

Si gros soit-il, l'iceberg n'a pas d'autre avenir que de redevenir H_2O liquide, se dissolvant dans la masse océanique. Un jour, peut-être, quelques-unes de ses molécules seront aspirées par l'évaporation et, au terme d'un improbable voyage aérien, tomberont à nouveau en neige. Rien ne se perd, rien ne se crée !

En ces périodes où les sécheresses sont pourvoyeuses de famines et de guerres, ce « gâchis » d'un liquide pur et parfaitement potable a soulevé l'indignation. Quelques têtes bien faites ont calculé que l'Antarctique retenait quatre-vingt-dix pour cent des glaces du monde et soixante-dix pour cent de son eau douce. Quelques autres, plus perspicaces encore, ont renchéri qu'avec le seul vêlage annuel de ses glaciers le continent pourrait fournir cent cinquante litres d'eau par jour à cinq milliards d'êtres humains. Il y eut enfin des esprits alliant le sens de l'initiative à la clairvoyance pour proposer d'en soustraire quelques-uns à leur mort programmée et de les tracter vers des pays au déficit hydrique prononcé. Las ! Toutes les tentatives, si elles consacrèrent l'ingéniosité humaine, furent surtout consommatrices d'énergie fossile pour le remorquage.

Mais qui sait ? Un jour peut-être le litre d'eau douce justifiera-t-il de tels investissements ?

II

Bahia Esperanza

À l'extrême pointe nord de la Péninsule antarctique, au bord du détroit qui conduit à la mer de Weddell, le señor Alejandro Berto règne sur un village multicolore jaune, orange vif et noir : la base Esperanza.

Le señor Berto nous accueille dès l'accostage de notre Zodiac. C'est un bel homme élancé dans le milieu de la quarantaine. Quel est son grade ? Son blouson Patagonia ne porte pas de galons. Mais ses adjoints étant l'un capitaine, l'autre commandant, on peut en déduire que le señor Berto, chef de la base, est pour le moins lieutenant-colonel. Avec affabilité, il nous présente son royaume. Dans la dizaine de maisonnettes vivent les familles constituées ; le bâtiment plus large sert de résidence aux célibataires et de réfectoire-salle des fêtes chaque samedi, pour la pizza commune. Nous avons même une église, c'est le petit cube, là-bas. Des hangars disséminés un peu partout abritent la centrale électrique, le magasin de vivres, le Musée antarctique (en réparation)...

Pourquoi avoir choisi cet orange vif pour peindre tous les murs et aussi tous les engins de transport, bulldozers ou camionnettes à chenilles ? Pour mieux s'y repérer l'hiver dans la neige et la nuit polaire ? Ou pour faire oublier les bandes blanches et bleues du pavillon argentin qui flotte mollement au-dessus des installations ?

Entouré d'une ficelle soutenue par des piquets, un tas de pierres sèches. Il s'agit d'une maison où trois membres de l'équipe Nordenskjöld (Anderson, le géologue ; Duse, le cartographe ; Scottsberg, le botaniste) séjournèrent durant tout l'hiver 1902-1903. Malgré des conditions épouvantables, ils ne cessèrent leurs recherches.

De telles préoccupations scientifiques ne semblent pas hanter notre ami Alejandro.

Personne dans les rues de gravier. Les seuls passants sont des manchots Adélie. La plupart vous croisent tranquillement, on dirait même que certains vous saluent. Quelques grincheux, pourtant, battent des ailes et glapissent. Ils sont cinq cent mille qui habitent l'autre côté de la colline et jusqu'au fond de la baie. D'où cette odeur forte, très forte, qui, par bouffées, empuantit l'atmosphère. Les skuas (grands oiseaux prédateurs) ne décolèrent pas. Ils survolent en vain ces peuplements immenses. La bonne période est passée pour eux. Les bébés manchots ont grandi trop vite. Plus question de les emporter dans les airs avant de les dévorer.

D'évidence, le premier souci d'Alejandro est la maintenance : il lui revient, en tant que chef, de mobiliser, l'été, les énergies de chacun pour que tout soit en état de résister à l'hiver. Pas de place pour les cigales en Antarctique : quand la bise est venue, la base doit être prête.

Et qui dit maintenance, dit logistique. La logistique est la grande spécialité du présumé colonel Berto. Et, croyez-le, rien n'est plus délicat que la logistique en baie de l'Espérance étant donné le rythme local des tempêtes (quatre-vingt-onze jours par an) et des brumes (cent dix-huit jours).

Nous le croyons bien volontiers.

– Et chaque négligence est payée comptant !

De nouveau nous acquiesçons.

– Tout hiver ici est une mer agitée. Quelle fierté quand la base la traverse sans encombre !

Avec nous, le señor Berto se sent en confiance. Un voilier au long cours doit aussi affronter, sous peine de graves conséquences, les contraintes de l'approvisionnement. Manifestement, nous sommes entre amis, entre spécialistes de la logistique. Pourquoi gâcher un tel climat de confiance en demandant au chef de la base à quoi sert sa base ? Nous préférons nous taire.

Comme s'il avait entendu la question que nous n'avons pas posée, Alejandro nous répond.

– Esperanza n'est pas une base comme une autre.

Esperanza est une véritable petite Argentine. Quel dommage que vous soyez venus pendant la période des vacances ! Vous auriez croisé les enfants. Ici, les familles sont majoritaires. Après le déjeuner, je vous ferai visiter l'école. Vous savez ce qui me rend le plus heureux ? Quand des femmes souhaitent accoucher ici. C'est la preuve qu'elles ont confiance, qu'elles se sentent en terre argentine. Nous avons déjà eu vingt naissances. Vous voulez voir le cimetière ? De plus en plus d'anciens veulent se faire enterrer ici, comme si c'était leur village. Dans des moments semblables, croyez-moi, un chef de base est heureux. Cela veut dire qu'il a rempli sa mission.

À la fête du samedi soir, nous croiserons deux jeunes étudiantes de Buenos Aires venues étudier l'une l'alimentation des manchots, l'autre la biologie des eaux glacées. Apparemment, ce sont les seules « scientifiques » d'Esperanza. Tous les autres mangeurs de pizza sont des hommes et n'attendent qu'une chose, le coup d'envoi du derby porteño, l'affrontement footballistique entre les deux clubs majeurs de la capitale, Boca et River (3/2 pour les premiers).

Le señor Alejandro nous raccompagne au Zodiac avec la même affabilité.

– Bon vent, prenez garde aux glaces, et revenez quand vous voulez. Cette partie de l'Antarctique est argentine. Aucune personne de bonne foi ne peut le contester, n'est-ce pas ? Mais tous les touristes sont bienvenus !

III

Nordenskjöld

« Nous manquerions à tous les devoirs de l'explorateur si nous ne recueillions le plus d'observations scientifiques possible sur cette région inconnue. »

L'homme qui parle est, à l'évidence, un chercheur consciencieux. Hirsute, les cheveux et la barbe collés de crasse, le visage noir de suie et de graisse, les mains enflées par le froid et crevassées par de durs travaux, il est adossé à sa cabane de pierre couverte d'un vieux prélart. Peut-être vient-il de s'en extirper en rampant par le couloir en L qui empêche la neige de pénétrer ? Il est là, dans ses loques rapiécées, ses mocassins en peau de manchot ficelés aux pieds déjà emplis de neige. Il est là, couvant du regard ses caisses d'échantillons si chèrement acquis. Rien dans son récit ne transparaît des souffrances et de l'angoisse alors qu'il vient de survivre miraculeusement à dix mois de dénuement et d'abandon absolu au cœur de l'hiver antarctique. À l'entendre, on pourrait croire qu'il raconte, en fonctionnaire soucieux de valoriser les deniers publics, un voyage scientifique d'aujourd'hui.

Un siècle plus tard, en ce beau matin de janvier, un délicieux soleil pénètre nos blousons en Goretex. Comme la fameuse cabane apparaît dérisoire, entourée de cordes comme une Joconde de musée, retapée et promue monument historique ! Mais nous voilà, rêvant devant ce maigre empilement de pierres, et notre imagination galope.

Qui se souvient de ces curieux magnifiques ?

L'Antarctique, qui aime les superlatifs, a poussé les hommes aussi au sublime.

1901. Le savant suédois Otto Nordenskjöld et cinq compagnons s'installent sur Snow Hill, une île à l'ouest de la mer de Weddell, dans une maisonnette préfabriquée. Il a conscience de se lancer dans une mission hasardeuse. La réalité dépassera de loin la fiction.

Une année passe de travail acharné. Mais au moment où le navire *Antarctic* doit venir les récupérer, il se heurte à une muraille blanche, malgré la témérité de Larsen, son capitaine. La mer de Weddell est la fabrique de glaces la plus efficace du monde. La saison avance, la radio n'existe pas encore. Comment prévenir les séquestrés de Snow Hill ? Anderson, le géologue du bord, le lieutenant Duse et le marin Grunden décident de débarquer et de franchir à pied les cent kilomètres restants pour, au moins, porter les nouvelles. Mais leurs cartes sont fausses. Voici le courageux trio nez à nez avec un fjord infranchissable et bientôt la tempête enfouit une partie de leur maigre matériel. Revenant sur leurs pas, ils attendent dans la bien nommée baie de l'Espérance que l'*Antarctic* les récupère. Mais, à quelques milles seulement, un autre drame se joue. Le vaillant navire paie son audace. Les monstres blancs le cernent. Poussés par les courants et les vents, ils l'écrasent. Vingt naufragés débarquent sur la banquise mouvante et trouvent miraculeusement refuge sur l'îlot voisin nommé Paulet.

À l'aube de l'année 1903, ce sont donc trois groupes misérables qui vont tenter de survivre. Ceux de Snow Hill, dévorés par l'angoisse de n'avoir vu personne venir, sont les moins mal lotis : leur habitation est sommaire mais bien conçue. Que dire des vingt de Paulet et des trois de l'Espérance dans des cabanes de fortune, de simples amas de pierres semblables à celui que nous avons sous les yeux, maigrement nourris des manchots capturés avant l'hiver, chauffés et éclairés à la graisse de phoque ?

Que croyez-vous qu'ils firent, dans la nuit et la neige, affamés, rongés de froid, au point que Duse, un jour, tua un phoque et que, pour se réchauffer, il plongea les mains dans les entrailles fumantes ?

Ils travaillèrent ! Tout simplement, et comme

d'habitude. Parce qu'ils étaient venus pour cela, parce que seule cette foi de scientifiques leur permettait de tenir. Se sentaient-ils plus humains en se raccrochant au savoir alors qu'ils grelottaient dans des haillons puants ? Pas d'épanchements dans leurs récits, pas une once de vantardise, aucun goût pour le sensationnel, juste des mots pudiques où transparaît la peur quotidienne d'avoir été oubliés et de finir dans ce décor grandiose et terrible, comme tant d'autres avant eux. Quand l'ouragan glacé les empêche de sortir plusieurs jours de suite, entassés les uns contre les autres dans leurs sacs en peau de renne qui gèlent autour d'eux, ils se racontent de mémoire les romans d'Alexandre Dumas ou échangent leurs connaissances par toutes sortes de conférences sur la zoologie, la géologie, la physique...

Dès le printemps, l'espoir les remet en marche, à la recherche les uns des autres. Les trois de l'Espérance profitent de la banquise gelée pour franchir le fjord et tombent par hasard sur une escouade de Snow Hill qui cherche des traces de l'*Antarctic*. Quant aux réfugiés de Paulet, sous la houlette de l'indomptable capitaine Larsen, ils ont rafistolé une chaloupe et envoyé un détachement qui arrivera quelques jours plus tard, après mille péripéties, à... Snow Hill. Par une incroyable facétie d'un sort enfin favorable, les voilà tous réunis au moment où retentit la sirène d'un bateau argentin envoyé à leur secours. Il ne demeurera sur l'îlot Paulet que la tombe du marin Wenesgaard, mort de phtisie.

De leur acharnement sortira une découverte capitale : des mollusques et des conifères fossiles datant de l'éocène et du jurassique, dont le capitaine Larsen avait glané quelques spécimens dix ans plus tôt, ont été ramassés en quantité. Ils prouvent irrémédiablement que cet Antarctique de glace a eu un passé tropical. Alfred Wegener n'a pas encore établi sa théorie de la dérive des continents. L'hypothèse de l'éclatement de la Pangée, la terre unique et primitive, est loin d'être formulée, mais on vient de trouver une pièce essentielle du grand puzzle.

Les protagonistes, eux, retourneront sagement à leurs laboratoires et à leurs navires, comme si cette épopée n'était qu'une joyeuse plaisanterie à conter autour d'un verre. La nuit, dans les vitrines de l'université d'Uppsala, quelques fougères fossiles murmurent encore, paraît-il, l'odyssée de leurs découvreurs. Folle époque où, comme dans un roman de Jules Verne, les savants pouvaient se transformer en athlètes, en cordonniers, en chasseurs ou en charpentiers, gardant, chevillé au corps, ce que tous reconnaissent comme l'élixir de leur survie : le sens de l'humour !

*
* *

Depuis ce matin, le ciel est d'une pureté méditerranéenne. La mer ? Un plateau d'argent. Le vent ? Aux abonnés absents. Une chance insolente nous accompagne. L'Antarctic Sound, le détroit qui conduit en mer de Weddell, est quasiment libre. C'est rare. Douze heures durant, nous louvoyons d'un tabulaire à l'autre. Parfois une barrière plus compacte se présente, il faut ralentir, pousser un peu la petite glace du bout de l'étrave. Puis s'ouvre une clairière et nous filons à nouveau vers le sud. Sur notre droite, les montagnes de la Péninsule défilent lentement. Il nous semble longer des Alpes en bord de mer. Les falaises de glace rayonnent de lumière. Et si nous allions explorer ces baies mystérieuses, véritables dégueuloirs d'icebergs ? Nous nous sentons hardis, presque enivrés de notre audace à pénétrer dans ce territoire souvent interdit par le pack. En même temps, un profond sentiment de sursis nous angoisse. La nature retient peut-être son souffle, fait patte de velours avant de nous serrer dans sa poigne. Tout ici est trop grand et trop fort, tout peut se jouer en quelques minutes, dans le chavirement d'une de ces cathédrales blanches, dans un vent catabatique qui dévalerait soudain du haut des cimes, dans une barrière de growlers brusquement refermée. Des paquebots de glace nous frôlent, entraînés par des courants sous-marins. Ils fendent la surface à trois nœuds. Il n'est pas besoin de fermer les yeux pour deviner le mortel craquement que produirait une collision. Un tel bruit, si on ne le faisait pas taire, pourrait facilement nous paralyser le cerveau. Nous qui avons tout, des cartes et des instruments, des moyens de communication et de survie, nous venons ici prendre la leçon de Nordenskjöld et des siens, leçon de dépassement de soi et de courage.

Lundi 16 janvier 2006. Minuit approche. Une dernière barrière de glace franchie, *Ada* glisse dans une eau calme et sombre. Devant nous, à quelques milles, sur un petit épaulement proche du rivage, nous distinguons aux jumelles la maisonnette aux trois fenêtres qui nous est familière grâce aux photos d'époque. Les dieux du vent et de la glace nous ont laissés arriver jusqu'à cette île de légende, Snow Hill, où s'installa Nordenskjöld, cinquante milles au sud de la baie de l'Espérance. Instant de grâce. Nous avons tant rêvé de cet endroit, sans espérer pouvoir l'atteindre ! Notre imagination dérive. Pour un peu, nous entendrions les aboiements des chiens et nous verrions les silhouettes de nos héros en manteaux de peau agiter la main.

Une lumière brille aux fenêtres. Nous débarquons le cœur battant. Certains lieux du monde font croire aux fantômes les esprits les plus rationalistes. Une équipe d'ouvriers argentins nous accueille. Elle entretient l'endroit sous la houlette d'un professeur d'histoire. De la cabane dévastée par des hivers d'abandon ils ont refait le toit et recomposé l'intérieur. Ils ont rassemblé les bottes en cuir à longue tige, les lampes à pétrole, reconstitué le poêle et les cadres au mur dans un élan dérisoire. Qui s'intéresse à ce genre de vestiges par 64° 20' sud et 57° ouest ?

« L'humanité puise sa richesse dans son histoire », répète le professeur Capdevilla, celui qui chaque été vient superviser la restauration.

Essaimées tout autour, de petites tentes orange abritent des chercheurs, les héritiers de Nordenskjöld : eux aussi chassent le fossile.

Du temps passe autour d'un maté. Quand nous regagnons le bord, un délicat frasil s'est formé, par la congélation superficielle de la mer. Pas de danger immédiat : l'annexe brise aisément la petite pellicule. Mais c'est un signe. Il faut retourner au plus vite vers le nord en remerciant le ciel d'avoir été jusque-là si clément. Souhaitons qu'il ne change pas, soudain, d'avis. Il est une heure, une heure du matin, mais quel matin ? Le ciel est encore clair et d'une pureté liquide. La falaise de pierre et de terre se découpe comme une lame. À son pied, la luciole de la cahute s'obstine à témoigner de la présence des hommes.

Quand Nordensjköld a hiverné ici, une langue glaciaire haute de dix mètres protégeait la maisonnette. Il n'en reste rien. Cette disparition fait réfléchir. Et si cet exceptionnel beau temps, et si le peu de glace qui ont permis notre escapade n'étaient pas un bon signe, mais la preuve du réchauffement de notre planète ? Et si, un jour, cette aventure, dont nous sommes tellement fiers, devenait banale ? Cela voudrait dire qu'il ne resterait rien, ou presque, de l'immense blancheur d'aujourd'hui.

Soudain, la brume envahit le monde. La remontée vers le nord nous semblera longue, si longue. L'homme de veille au bossoir, transi, agite les bras comme un sémaphore pour guider le barreur. Des fantômes blancs surgissent. Au dernier moment, le bateau les évite. Nous zigzaguons dans un clair-obscur qui n'est ni la nuit ni le jour.

À nouveau ce sentiment nous étreint que nous ne sommes rien. Notre avenir peut basculer ici et maintenant, à tout instant.

Douze heures plus tard, le brouillard se déchire. L'Antarctique doit considérer qu'il nous a assez éprouvés : il fait grand beau. Se dresse devant nous le cône dénudé de l'îlot Paulet. L'occasion de rendre un dernier hommage à ce groupe d'hommes immenses et magnifiques. Ils ne venaient ici ni pour planter un drapeau ni pour une quelconque gloire, mais seulement pour connaître et connaître encore.

Nous revoici dans l'Antarctic Sound. Le temps de nous souvenir que ce nom rappelle celui d'un navire écrasé dans les glaces, à cet endroit même.

Le vent fraîchit, les embruns commencent à piquer le visage de minuscules aiguilles.

– Agnès, la carte... Vite... J'ai un gros patapouf d'iceberg qui me serre contre l'île ! Est-ce que j'ai la place de me coller à la côte sur des petits fonds où il ne viendra pas me chercher ?

Une muraille blanche de vingt-cinq mètres de haut défile devant l'étrave.

IV
Journal d'Erik

Portrait de la peur

Une heure du matin.
Devant moi, le radar.
Tel est le poste qui m'a été assigné : devant le radar. Les autres se relaient dehors, dans le froid. Pour moi, vu mon âge, c'est le radar.

Le radar, drôle de miroir. On croit s'y voir. Mais, au lieu du visage bien connu, trop connu, paraissent de grosses taches noires.

Avec elle, la peur arrive. Ces grosses taches noires sont des icebergs, une barrière d'icebergs.

La peur s'installe. Une main froide, qui serre le ventre.
Comment allons-nous sortir du piège ?

Je navigue depuis l'enfance, je m'étais préparé à tout, aux vagues, au vent, aux démâtages, au chavirage, aux mouvements les plus violents. Pas à l'immobilité, pas à l'emprisonnement qui s'annonce.

Ma tâche, c'est de crier aux autres, à ceux du pont, ce que raconte le radar.

Alors je crie : « Champ de mines ! Champ de mines partout ! Champ de mines à droite ! Champ de mines à gauche ! »

Il paraît que j'ai crié « Champ de mines ! » toute la nuit.

On est devenus intimes, à force, le radar et moi. Je ne l'ai pas quitté des yeux dix heures durant.

On finit par emménager dans la peur. La peur est un pays comme un autre. Et puis, quand on est six à se battre ensemble, la bataille vous fait des cadeaux : cadeaux de rires, cadeaux de respect, cadeaux d'admiration pour la vaillance (ou le savoir). La bataille vous enseigne quelques évidences, elle vous apprend à (bien) mieux vous connaître, on se promet de l'amitié éternelle, à la vie, à la mort (si on s'en sort).

À l'extrême fin de la matinée, le brouillard, d'un coup, s'est déchiré. En même temps que le radar, mon radar, se vidait : au revoir, les taches noires ! La mer est déserte, le ciel est bleu.

Tel est l'Antarctique : il nous fait peur, grand peur. Et, l'instant d'après, honte de notre peur.

Maudit soit-il ! (Et à bientôt !)

V
Animaux I

Elle s'approche. Elle se couche voluptueusement sur le côté. Elle nous regarde de son grand œil doux. À quoi pensent les baleines ? Nous prend-elle pour un congénère avec notre coque en forme de ventre semblable au sien ? Va-t-elle entamer une parade amoureuse ou nous décocher un méchant coup de queue ? Dans les deux cas l'aventure finira mal pour nous.

Non. Elle nous regarde, simplement. Sous la vieille paupière, il y a comme un abîme sombre peuplé de lueurs. Ce ne sont peut-être que des reflets dus à ce jour tout neuf. Nous, nous y voyons les éclairs d'une antique colère, le souvenir de massacres et la détestation de l'homme. Elle se détourne, plonge lentement, gracieuse dans sa lourdeur. Deux secondes, elle nous offre sa queue en éventail, comme dans les photos des magazines. Puis il ne reste que quelques cercles concentriques qui disparaissent à leur tour dans le clapot.

L'impression de charme nostalgique ne dure pas, on entend Fabrice triompher : « Je l'ai eue ! Enfin ! »

La queue d'une baleine est sa carte d'identité. À défaut d'empreintes digitales, les dessins, les taches, les cicatrices de la queue désignent à coup sûr un individu. Les cétologues (comprenez : savants étudiant les baleines) se sont lancés dans l'impossible filature. Les pédants (tendance scientifique) diront que nous faisons de la *photo-identification de nageoire caudale*. Il s'agit de savoir quel animal se trouve où, à quelle époque et, ce qui frise l'indiscrétion, en quelle compagnie. On espère ainsi comprendre leur migration, leur appartenance à un groupe afin d'estimer leur abondance.

Fabrice, bien qu'ornithologue officiel, a endossé l'habit de cétologue. D'après lui, nous aurions sous les yeux un groupe de quatre adultes et un petit de l'espèce devenue rare des baleines à bosse. Elles sont moins de six mille à travers le monde, dont cinq ici ! Comprenez notre excitation. Mais ne fait pas de la photo-détermination qui veut. Saisir une caudale au moment de la plongée reste un sport, même pour le meilleur des appareils numériques.

« Là ! Elle souffle ! Vas-y, rapproche-toi ! Non, pas à contre-jour ! Vite, elle plonge ! Doucement, on va leur faire peur ! »

Ada, sous l'effet d'ordres contradictoires, zigzague au moteur. Notre contribution à la science sera modeste.

Le petit doit bien faire quatre ou cinq mètres de long... autrement dit, un gosse ! Il ne s'éloigne pas de sa mère. À quelqu'un qui vous fournit cent litres de lait par jour, on est forcément attaché.

La baleine à bosse, lente et paisible, a, plus que d'autres espèces, souffert de la chasse. Ici, elle est doublement protégée par le moratoire et par le traité sur l'Antarctique. Pour autant, sa survie n'est pas assurée. En hiver, elle quitte l'Antarctique pour des eaux plus chaudes, où elle risque de croiser ses ennemis nippons, norvégiens ou islandais qui, sous couvert de recherche scientifique, contournent l'interdiction de pêche. Un danger encore plus sournois la menace : le krill, sa nourriture favorite, plusieurs tonnes de krill chaque jour. L'abondance de ces crevettes dépend de la température de l'eau et de l'ensoleillement. Que des modifications interviennent dues aux changements des climats ou des courants, et il leur faudra aller ailleurs chercher leur pitance... si possible.

Ah ! qu'il est difficile d'être une grosse bête !

La contemplation des baleines apaise. Celle des phoques a un côté provocateur. Ces animaux flirtent avec l'indécence. Les voilà vautrés, pâmés d'aise sur la glace. Ils sont trois ou quatre phoques crabiers, reconnaissables à leur beau pelage jaune paille, sur un petit floe, béatement endormis les uns contre les autres. À notre approche, ils tournent à peine la tête avant de refermer nonchalamment les yeux comme une estivante dérangée dans son bain de soleil.

Ils sont sur ce tapis glacé comme sur un édredon moelleux sans paraître souffrir du vent aigrelet. Ils ne font rien, absolument rien, sauf se gratter lascivement le ventre et remonter de temps à autre leur tête qui glisse sur l'oreiller de glace. Donneraient-ils parfois l'impression d'avoir peur, faim, froid ? Non ! Et, s'ils plongent, ces gros sacs à graisse sont presque plus écœurants, se transformant en ballerines, ondoyant avec une grâce infinie. Ces phoques de Weddell vont pouvoir descendre à plus de sept cents mètres et rester quatre-vingt-deux minutes sous la glace. Tant d'aisance et de nonchalance a de quoi agacer les bipèdes angoissés et malhabiles que nous sommes.

Seul indice de désagrément dans leur existence, les cicatrices dont ils sont couturés, témoins des agressions des orques ou de leurs cousins les phoques-léopards.

Phoque-léopard ! Quelle bizarre association ! Que vient faire le paisible mammifère marin en compagnie du fauve des forêts tropicales ?

Après l'orque, c'est le deuxième prédateur de la société manchot. Dans un film américain, on comprendrait immédiatement que c'est lui le méchant : le corps serpentiforme, la paupière lourde, une rangée de grandes dents. Le voilà qui rôde à fleur d'eau autour des colonies. Les oiseaux, qui le savent à l'affût, hésitent à plonger. Ils s'entassent d'un air perplexe sur le bord de la glace, faisant les cent pas d'un air indécis. « Vas-y, toi d'abord ! – Mais non, je t'en prie, après toi... »

Rien de tel que ces petites silhouettes humanoïdes pour engendrer l'anthropomorphisme.

L'un se décide, plonge. Le fauve est sur lui, le poursuit, l'affole, le mordille, le lance en l'air, l'entraîne par le fond, puis, pour s'amuser, lui laisse l'espoir de s'échapper malgré son aile brisée, mais le reprend, le relance. L'eau rougit. Les autres manchots en ont profité pour filer chercher la nourriture que réclament leurs petits. Dangereux métier que celui de parent !

Faute de manchot pour son quatre-heures, le phoque-léopard ne dédaignera pas de s'attaquer à une annexe en caoutchouc. Il doit quand même avoir la vue un peu basse pour la confondre avec un jeune phoque qui peut aussi faire son ordinaire. Mais l'un d'entre eux n'a-t-il pas croqué une Anglaise ? Ne rions pas. La malheureuse chercheuse en est morte.

Brigitte Bardot peut dormir tranquille, depuis le traité de 1959, toute chasse est proscrite au-delà du 60e sud. Les phoques ont proliféré, profitant sans doute de la récession des baleines qui a laissé plus de nourriture disponible.

Mais la véritable affaire de l'Antarctique, ce sont

les oiseaux et le premier d'entre eux, le manchot : soixante-six pour cent des effectifs à plume.

Le manchot pue et braille. Rien à voir avec les placides peluches qui distraient nos enfants. Mais la nature a ses raisons. C'est en partie grâce à l'odeur qu'ils retrouvent leur colonie. Quant à leur chant, outre l'expression de l'agressivité, de la peur ou de la séduction, il est essentiel à la bonne marche des familles. Comment feriez-vous pour retrouver votre progéniture au milieu de ces centaines de boules de duvet gris ? Le manchot, lui, chante. Sa modulation à deux tons est sa signature personnelle. Elle lui permet de réserver à ses petits la délicieuse bouillie de poisson qu'il est allé péniblement leur chercher.

Le manchot empereur est bien sûr la star des médias, mais c'est une espèce rare en Péninsule, qui est plutôt le terrain de prédilection des papous, des Adélie et des jugulaires.

Chaque espèce a ses lubies.

C'est à la suite d'une erreur que le nom de papou a échu à un animal du grand froid. Les premiers spécimens naturalisés avaient été mélangés avec des espèces capturées en Nouvelle-Guinée... Le papou est un grand timide, ne l'approchez pas, il pourrait quitter définitivement son nid. Dans une société humaine, on le qualifierait de « bon père de famille ». C'est un fidèle – quatre-vingt-dix pour cent d'entre eux retrouvent leurs partenaires d'une année à l'autre. C'est aussi un besogneux qui apporte un soin jaloux à la construction de son nid de pierre et de boue. Bons parents et honnêtes travailleurs, les papous partent à la pêche toute la journée, revenant fourbus mais le ventre plein nourrir leurs deux poussins. Un modèle de bon citoyen antarctique.

Le manchot Adélie est au contraire un râleur. Il n'aime que le bicolore : dos noir d'encre, ventre blanc éclatant, œil noir d'encre aussi, souligné d'un cercle blanc éclatant. L'Adélie affiche son intransigeance. Il fait face crânement du haut de ses soixante-dix centimètres, éructant perpétuellement contre son voisin pour des questions de territoire ou de vol de cailloux. Car le caillou propice à la construction du nid est un bien rare et monsieur Adélie en ramène souvent à madame pour se faire bien voir. Ne cherchez pas à le chasser en bâtissant une station scientifique. Il n'hésitera pas à nicher devant la porte ou au milieu des appareils de mesure. L'Adélie a un furieux instinct de propriété ou de confort. Certaines colonies sont fréquentées depuis trente mille ans et ce ne sont pas ces gros humains arrogants qui vont les faire déménager.

Quant au manchot à jugulaire, très classe avec son fin collier noir, c'est un alpiniste. Il s'installe souvent à des dizaines de mètres d'altitude, à flanc de falaise. C'est un mauvais garçon, terriblement bruyant, agressif au point de tenter de s'attaquer à l'homme. Le jugulaire semble avoir profité de l'inconséquence humaine. Le surplus de nourriture dû à la diminution des cétacés et au réchauffement des eaux lui a permis de tripler sa population en vingt ans.

Pour une fois, notre bêtise a eu du bon.

Mais on mesure la lenteur de la réponse d'un écosystème à une perturbation. Il faut du temps, beaucoup de temps, surtout dans un milieu froid, pour qu'un nouvel équilibre biologique s'installe. Certaines espèces en profitent, d'autres s'étiolent, et nous nous contentons de compter les points.

Le manchot fut l'un des plus comestibles amis des explorateurs. La gastronomie pygoscelienne (genre rassemblant les papous, les jugulaires et les Adélie) ne brille pourtant pas par sa variété. Au menu du naufragé, sept jours sur sept :

– poitrine bouillie ou frite à l'huile de phoque ;

– omelette (en saison estivale uniquement) ;

– bouillon de restes assaisonné de plumes et de peau ;

– surprise du chef : rissolé de cœur et de foie (dimanche ou jours fériés).

Tous les miraculés d'un naufrage en Antarctique vous le diront, le manchot, à condition qu'il soit frais, est bien meilleur que le steak de phoque. Il a certes un goût prononcé de poisson, mais une texture proche du poulet. L'inconvénient est sa petite taille. Un être humain normalement constitué, hivernant en haillons au-delà du cercle polaire, aura tendance à consommer quelques dizaines d'œufs par jour et plusieurs pièces de manchots pour éviter l'inanition. Sans hécatombe, impossible de passer l'hiver. Le frigidaire est vaste, mais le thermostat bien mal réglé. Quelques redoux intempestifs transforment vite les réserves en bouillie nauséabonde. Donc, plus le temps passe, plus la nourriture pourrit, mais, par une heureuse concordance, plus l'homme est affamé. Loué soit donc l'esprit de sacrifice des manchots qui nous ont permis de retrouver vivants Shackleton, Nordenskjöld et bien d'autres héros polaires.

Aujourd'hui, que serait l'Antarctique, sans ces criques où une mer de plumes piaillante accueille le visiteur ? Que deviendraient les photographes naturalistes, les tour-opérateurs ou les publicités pour frigos, sans cet oiseau emblématique ?

Mais le manchot, dans sa sagesse, a su s'adapter aux frasques humaines. Sa capacité à stocker et à déstocker les graisses, sous l'influence de certaines protéines, intéresse les diététiciens.

Après avoir nourri l'homme, le manchot pourrait donc l'aider à inventer de nouveaux traitements amaigrissants.

TROISIÈME PARTIE

Les Shetland du Sud

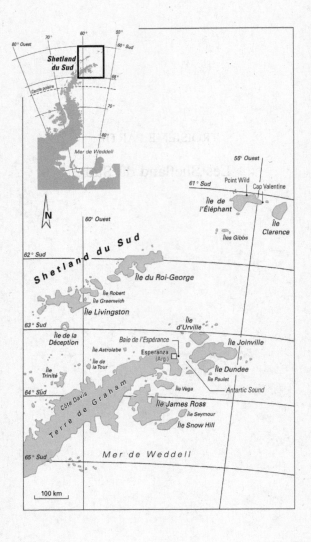

Souvent, les îles sont des avant-gardes : comme les oiseaux, elles annoncent la proximité d'un continent.

L'archipel des Shetland du Sud ne fait pas exception. Ce groupe d'une quinzaine d'îles, étiré entre l'est-nord-est et l'ouest-sud-ouest (de 57° ouest, 61° sud à 63° ouest, 63° sud), constitue une barrière naturelle à l'extrême nord du continent antarctique. Par beau temps (rareté des raretés), on peut apercevoir, plein sud, la terre de Graham, pointe extrême de la Péninsule.

À qui l'archipel doit-il son nom ? Sans doute à quelque marin britannique un peu perdu dans ces confins et désireux de garder quelques repères. De « vraies » Shetland existent, comme on sait, au nord de la Grande-Bretagne, juste au-delà des Orcades (lesquelles touchent le nord de l'Écosse).

On ne sera pas étonné que, plus à l'est, d'autres

îles australes aient été aussi baptisées Orcades (du Sud).

Ventées, glacées, montagneuses, bref, inhospitalières au possible, ces îles ont servi jadis de refuge aux baleiniers et aux phoquiers. Aujourd'hui, elles sont inhabitées, sauf la plus grande, l'île du Roi-George. C'est l'antichambre du continent : piste d'atterrissage, hôpital, semblant d'hôtel... S'y sont installées un grand nombre de bases à l'activité scientifique plutôt réduite. Mais les pays qui les gèrent peuvent, à moindres frais, se dire signataires du traité sur l'Antarctique : Chine, Corée, Brésil, Uruguay, Pologne, Russie...

I
L'île de l'Éléphant

Une escadrille de damiers du Cap nous accompagne. Ce sont de charmants oiseaux, quoique légèrement exhibitionnistes, trop fiers de montrer les délicats dessins noirs et blancs qui ornent le dessus de leurs ailes. Nous suivons le sillage d'un petit vapeur chilien nommé *Yelcho*, parti de Punta Arenas le 25 août 1916.

Sur le *Yelcho*, un homme se ronge d'angoisse. Il se nomme Ernest Shackleton. Sir Ernest Shackleton, plutôt, puisque, pour des raisons antarctiques, le roi d'Angleterre Édouard VII l'a anobli sept ans auparavant.

Depuis l'enfance, le continent austral est sa passion. Il va lui consacrer toutes ses forces.

En 1901, alors officier de la marine marchande et âgé de vingt-six ans, il se fait embaucher par Robert Falcon Scott dans une expédition qui doit conquérir le pôle Sud. À cette occasion, il vole en ballon captif deux cent quarante mètres au-dessus des étendues blanches... Las ! Le scorbut a raison de sa résistance. On doit l'évacuer, tandis que Scott échoue à neuf cents kilomètres du but. Shackleton jure de revenir.

En janvier 1909, le voici de retour. Et, cette fois, c'est lui le chef de l'expédition. Un premier pôle est atteint par une de ses équipes, le pôle magnétique. Succès considérable. Mais l'objectif premier n'a pas changé : atteindre le pôle, le « vrai », celui qu'on nomme le *pôle Sud*. Shackleton, à la tête d'une autre équipe, part de sa base le 28 octobre. Trois hommes l'accompagnent. Leurs traîneaux sont tirés par des poneys de Mandchourie, choisis parce qu'ils ont fait montre d'une résistance à toute épreuve lors de la construction du Transsibérien ! Épuisés, torturés par le froid (moins cinquante degrés), affamés malgré la viande des poneys qu'ils ont un à un dévorés, les quatre hommes soudain s'arrêtent.

Ils rebroussent chemin. Ils n'étaient plus qu'à cent soixante-dix-neuf kilomètres du but. Les honneurs qui attendent Shackleton à son retour en Angleterre n'apaisent pas sa volonté. Une nouvelle fois, il promet de repartir.

Une décision bien ancrée. D'autant que le Norvégien Amundsen, deux ans plus tard, le 14 décembre 1911, lui fait l'affront suprême : planter le premier sa tente sur ce pôle tant convoité.

1913. Tandis que la tension monte en Europe,

sir Ernest prépare un nouveau projet : installer une base au fond de la mer de Weddell. En partiront des raids d'observation vers la terre de Graham (à l'ouest) et la côte Enderby (à l'est). Un autre bateau, posté en mer de Ross, servira de relais et de soutien. Drôle d'idée, dont l'utilité n'est pas très claire. Mais le grand rêve avait été accompli par un autre, il fallait bien trouver une autre ambition pour se nourrir la tête.

Deux bateaux sont affrétés, l'*Endurance* et l'*Aurora*, grâce à des subventions publiques et à certains soutiens privés dont celui d'un industriel du textile. Son nom va entrer dans la légende : James Caird.

Août 1914. Shackleton s'apprête à partir lorsque la guerre éclate. Il propose de mettre ses bateaux à disposition de la Navy. Un certain Winston Churchill, alors premier lord de l'Amirauté, refuse l'offre. Son ordre est formel : « Allez ! »

Alors que les Européens commencent à s'entretuer, voici donc l'*Endurance* et l'*Aurora* en route vers le Grand Sud. Celle-ci va rejoindre son poste en mer de Ross. Celle-là, début décembre, s'engage dans la mer de Weddell.

Les glaces résistent. L'*Endurance* ne progresse que lentement. Et brusquement se fige : elle est prise. Malgré tous les efforts des scies et des pics.

18 janvier 1915. Ce jour-là débute l'une des plus formidables aventures jamais vécues par des humains.

L'*Endurance* a perdu toute maîtrise. C'est la glace, dont elle est devenue partie, qui lui dicte sa route. Et la glace ne cesse de bouger. Une dérive commence, qui va durer onze mois, sur deux mille huit cents kilomètres. La glace se dirige d'abord vers le fond de la mer de Weddell. Elle tourne sans fin sur elle-même, entraînant l'*Endurance* dans sa valse lente. La nuit est tombée, la nuit polaire, la nuit totale, qui ajoute à l'angoisse. La glace semble décidée à quitter le continent. Elle se dirige vers le nord-ouest. L'*Endurance* reprend espoir, et avec elle tout son équipage, qui ne l'a pas quittée, qui continue de vivre à son bord, comme lorsqu'elle flottait. Mais si la glace gagne la mer libre, elle ne va pas laisser s'échapper sa proie. Elle écrase l'*Endurance*.

« Le bateau se courbait comme un arc... Les ponts se brisèrent, l'eau entrait... »

Les vingt-huit marins, Shackleton à leur tête, s'affairent pour établir un camp sur la banquise puisqu'ils n'ont plus de toit. Ils sauvent tout ce qui peut l'être, dont trois chaloupes. Un mois durant, jour après jour, ils assistent à l'agonie. L'*Endurance* sombre le 28 novembre 1915. Et la dérive reprend.

Quatre nouveaux mois de terreur perpétuelle, car le radeau de glace sur lequel ils se sont réfugiés se craquelle et se fend. Le 7 avril, il faut embarquer sur les trois canots. Ramer et ramer encore dans le froid glacé, sur une mer violente. Vers les sommets enneigés de l'île Clarence.

Le but est là. Qu'il semble proche !

Après onze jours d'un nouvel enfer, les vingt-huit débarquent le 14 avril 1916 sur l'île voisine, dite de l'Éléphant. Un premier site ne leur paraissant pas tenable, les vingt-huit déménagent, toujours sur leurs chaloupes, jusqu'à un endroit nommé Point Wild. On pourrait traduire par « point sauvage ». En fait, il a été baptisé du nom de Frank Wild, l'un des plus vaillants lieutenants de Shackleton. Terre austère s'il en est, mais terre *ferme*. Rappelons que nos amis dérivent sur de la glace depuis seize mois.

À cet endroit du récit, l'auditeur ou le lecteur, d'ordinaire, rend les armes.

– Bravo ! Vous avez gagné ! L'Arabie des *Mille et Une Nuits*, l'Islande des sagas ne peuvent rien contre l'Antarctique. Le Grand Sud est bien la première réserve d'histoires de la planète, puisque les événements vrais qui s'y déroulent dépassent l'imagination. Pour conclure l'aventure de votre Shackleton, vous n'avez plus qu'un choix réduit. Soit un happy end : un bateau vient chercher les vingt-huit, ils sont sauvés. Soit une fin tragique : tous ces efforts ont été vains, ils meurent.

Alors vous qui savez la suite prenez votre air le plus doux, le plus compréhensif, et soupirez.

— Désolé, je n'y peux rien. Mais le cœur du récit, le plus beau, le plus admirable, commence.

**

Sept jours durant, les vingt-huit s'acharnent à préparer la plus solide de leurs baleinières, le *James Caird*. Si le mécène écossais, roi du textile, pouvait s'attendre en apportant ses fonds, deux ans plus tôt, à voir son nom associé à l'épopée qui va suivre !

Personne ne passe jamais par l'île de l'Éléphant. Aucun bateau ne viendra les libérer. La seule chance, pour les rescapés, c'est d'aller chercher du secours. Shackleton a pris sa décision.

Le 24 avril, la chaloupe lentement s'éloigne du rivage, malgré la glace, malgré les rouleaux. À son bord, ils sont six, dont sir Ernest. Ils disparaissent bientôt dans la brume. Direction la Géorgie du Sud, un archipel distant de mille quatre cents kilomètres, au nord-est. Les vingt-deux qui restent s'en retournent dans leur abri précaire.

Comme on l'imagine, le voyage n'est pas une partie de plaisir. Le canot a été consolidé tant bien que mal, couvert par une toile arrachée à l'*Endurance*. Mais seule l'énergie des six lui permet de continuer sa route dans les cinquantièmes hurlants. Seize jours de mer. Un matin, une montagne se détache à l'horizon. C'est le cap Rosa. Ils ont atteint la Géorgie.

Le calvaire n'est pas terminé. Cette côte (la baie du Roi-Haakon) est déserte et aucune route ne la relie aux stations de baleiniers du nord de l'île. Trois des six (dont Shackleton) se font alpinistes. En trente-six heures, ils traversent des glaciers, des champs de neige, gravissent une montagne. Une marche de trente-cinq kilomètres. Enfin, les baleiniers de Stromness voient surgir trois fantômes...

À peine arrivé, Shackleton se bat pour repartir. Il ne pense qu'à ses compagnons prisonniers, là-bas, des Shetland. Par trois fois, dès la fin mai, le plus grand des baleiniers de Géorgie tente d'approcher. Par trois fois, il doit renoncer. Les glaces barrent le chemin. Nouvel échec avec un chalutier uruguayen en juin. Grâce aux fonds levés par une association britannique, une goélette est affrétée. Peine perdue. Il faut un navire plus puissant. L'Angleterre promet son *Discovery*, mais il n'arrivera que fin septembre. N'oublions pas que la guerre fait rage en Europe. Londres a d'autres sujets de préoccupation.

Shackleton ne peut attendre. Le Chili lui propose son aide.

Et voilà comment, au matin du 30 août 1916, le trawler *Yelcho*, qui d'habitude ravitaille les phares, parvient en vue de l'île de l'Éléphant. L'angoisse étreint Shackleton. Ses vingt-deux compagnons, quittés quatre mois plus tôt, ont-ils survécu au terrible hiver ?

Quatre-vingt-dix ans plus tard, le ciel est bleu. L'Éléphant se montre à nous : un long plateau de quarante kilomètres, haut de trois cents mètres, parsemé de pics, le tout recouvert d'une couche épaisse de neige. Aucune route visible, aucune vallée, aucune plage, grandiose beauté mais totale inhospitalité. Aucun répit dans le relief, hormis les pentes douces des glaciers. Manifestement, ces lents fleuves blancs se trouvent à leur aise sur l'Éléphant. Comme certaines îles n'accueillent que des oiseaux (il y a des îles à macareux, des îles à fous de Bassan...), l'Éléphant est une réserve à glaciers. L'homme n'y a pas sa place. Rien que des parois vertigineuses, de basalte ou de glace. Pas le moindre endroit où débarquer.

Enfin, la côte s'incurve. Un semblant de crique se présente. Arrêt du moteur. Annexe à l'eau. On va inspecter sur place, cahier à la main (y sont pieusement reproduites les photographies de Frank Hurley). Retour dépité. Le site ne correspond pas.

Le 30 août 1916, Shackleton ne s'y retrouvait pas non plus. Il demandait sans cesse de ralentir l'allure. Mais Luis Pardo, le capitaine du *Yelcho*, s'inquiétait. La glace se rapprochait. L'hiver n'avait pas dit son dernier mot. Seule une miraculeuse tempête du sud avait disloqué la barrière enserrant l'Éléphant. La glace pouvait, à tout moment, reprendre sa place et emprisonner le bateau.

Soudain, une silhouette titubante paraît sur le rivage, puis deux, puis dix... Ils sont tous là, ils sont sauvés.

∗
∗ ∗

Nous avons fini par trouver Point Wild. Qui peut croire que des hommes ont vécu là ? Pourtant un buste de marin l'affirme. La statue est plantée là, fièrement, en bordure du ressac.

Partant d'une falaise à pic, une chaussée de cailloux sépare deux criques. Elle s'avance vers un gros rocher sans l'atteindre : un bras d'eau l'en sépare. Au pied de la falaise, profitant d'un creux, une plage minuscule s'est formée. En son milieu, la chaussée s'élargit quelque peu.

Rien d'autre.

Tel fut le lieu de résidence des vingt-deux.

L'émotion nous étreint. Que les combattants de Verdun nous pardonnent. Pour nous, l'année 1916 restera celle d'un autre combat, la guerre de ces hommes acharnés à survivre.

Une heure durant, nous pagayons. Mais la glace fait barrage. Et la houle se lève. Nous ne pourrons débarquer.

Dernier salut au buste.

Et stupéfaction.

On aurait pu croire que la statue rendait hommage à Shackleton ou à l'un de ses adjoints. Mais les jumelles sont formelles : le buste est celui du Chilien Luis Bravo, patron du *Yelcho*. Personne ne conteste ses mérites, mais le nationalisme l'a emporté sur la légende.

*
* *

What a story !
La presse du monde entier s'émerveilla.
Une fois les vingt-deux sauvés, les plus menacés, Shackleton s'occupa des autres, ceux de la mer de Ross. Il gagna San Francisco puis la Nouvelle-Zélande. Il réarma l'*Aurora*, lui trouva un équipage, arraché pour un temps à la guerre navale. Le 10 janvier 1917, les sept survivants étaient libérés.

Shackleton avait emmené cinquante-cinq hommes. Il en ramène cinquante-deux. Les trois autres étaient morts de maladie et d'épuisement.

L'épilogue a sa logique.

Shackleton n'en avait pas tout à fait terminé avec le Grand Sud. La guerre achevée, il réussit à monter une troisième expédition. Une crise cardiaque l'emporta le 5 janvier 1922 à Grytviken, en Géorgie du Sud, là où s'était achevée son odyssée de 1916.

Il avait quarante-sept ans.

***

Passez le cap Valentine, dans le plein est : c'est là que les vingt-huit de l'équipe Shackleton d'abord débarquèrent. Continuez de longer la côte sinistre. Un coup d'œil à la carte vous indiquera que vous empruntez le « détroit du Prince-Charles ». Un autre coup d'œil à bâbord vous ravira : l'île Clarence, celle que les vingt-huit eurent, onze jours durant, en ligne de mire, est une montagne de glace, un cône haut de deux mille mètres planté dans la mer. Dépassez Walker Point. Ne vous laissez pas obnubiler par l'immense glacier Endurance, là-bas, vers l'ouest. Plus proche, presque timide, une falaise, orientée sud-est, se présente à vous. Pincez-vous. Réglez mieux vos jumelles. C'est bien de la végétation qu'on y voit accrochée. Des plaques de lichen. On dirait même, sur une corniche, quelque chose comme deux ou trois touffes d'herbe. Faites-en provision.

Le Grand Sud est un univers noir et blanc.

II
Déception

C'est une île où il vaut mieux arriver par mauvais temps. Pas forcément une tempête d'apocalypse, mais un bon vent de face, d'au moins trente nœuds, si possible avec crachin et nuages bas. Pour apprécier vraiment l'endroit, il est préférable de s'être, en guise d'apéritif, un peu usé les yeux à guetter les icebergs qui parsèment la brume et d'avoir pâli le nez sur le radar.

Un site pareil ne peut se livrer sous un chaud soleil comme la première des calanques ! Quand, au dernier moment, apparaît l'ouverture dans la falaise, le trou dans lequel on va s'engouffrer, le petit pincement d'inquiétude est conseillé, celui qui caractérise une navigation incertaine.

Le GPS a beau indiquer que, sans aucun doute, nous approchons, « plus que quinze milles », « plus que dix milles », Déception ne se montre pas. « Déception est dans le grain », répète le barreur. Et, le grain ne cessant pas, Déception continue de se cacher.

À bord, une crainte commence de sourdre. Et si Déception appartenait à la longue liste des îles imaginaires ? Si la vraie déception de Déception était de ne pas exister ? En Antarctique, on s'habitue à tous les mauvais coups de la nature et de l'imagination. Et la fréquentation intime de la glace aide à faire croire aux réalités fuyantes.

Enfin surgit, au cœur du brouillard, une masse sombre en forme d'arc de cercle, galonnée par deux traits clairs : le blanc de la neige et le blanc du ressac.

Au même moment, en guise de bienvenue, le vent se réveille.

Un ris, puis deux, démarrage du moteur.

Decepción, « déception ».

Un tel nom évoque une île noirâtre, rocailleuse, glacée et austère. L'île de la Déception ne déçoit pas. Elle est noirâtre, rocailleuse, glacée et austère.

La légende veut que ses découvreurs, baleiniers en quête d'un havre dans l'archipel désolé des Shetland du Sud, en aient quasiment fait le tour sans découvrir le mouillage espéré. Déception ! Il leur fallut persévérer jusqu'au plein sud pour trouver l'entrée de ce volcan au cratère effondré. Ainsi fera Nathaniel Palmer, capitaine du phoquier *Hero*, en novembre 1820.

La passe étroite blanchit sous le courant d'air. À bâbord comme à tribord, les deux falaises semblent vouloir se refermer pour croquer notre imprudent petit bateau. Dans la grisaille un vol de damiers du Cap tourbillonne, blanc et noir dans l'entrée, comme un vol de feuilles, mais les feuilles de quel arbre ? On ne voit nulle part la moindre trace de végétation. En plein milieu du chenal, la mer bouillonne sur une roche traîtreusement immergée. Le vent vibre le long des murailles avec un son de basse continue, justifiant l'appellation du lieu, « Soufflet de Neptune ».

Bienvenue à Déception !

Tout de suite à main droite, la baie des Baleiniers, un renfoncement de la caldeira, offre un mouillage raisonnable par ce vent de nord.

« Désolation » aurait également parfaitement convenu pour nommer l'île. Le mot « austère » est faible pour traduire l'impression créée par ce paysage : une plage de sable noir, parsemée de constructions en ruine, un arrière-plan de hauteurs sombres veinées de coulées rougeâtres et couvertes d'un chapeau neigeux. À y regarder de plus près, les autres surfaces noires qui luisent le long des parois ne sont pas de la roche, mais de la glace !

Déception : pays de la glace noire !

L'île est située sur une faille de l'écorce terrestre. Déception est la plus remuante de la famille des Shetland du Sud. Revenant en 1908 après un premier voyage en 1904, le commandant Charcot ne retrouve pas la baie de Pendulum Cove qu'il affectionnait. Les éboulements et les soulèvements l'ont avalée. Les éruptions, qui ont encore secoué l'île dans les années 1970, ont lancé dans le ciel des poussières de lave qui se sont mélangées à la neige pour former cette étonnante et sombre « glace fossile ». Comment ne pas y voir une sorte de deuil qu'aurait pris la nature ? Car les bâtisses délabrées, anéanties par des coulées de boue, sont les vestiges des bases baleinières. Ici furent dépecés des milliers et des milliers de mammifères marins.

*
* *

« Les phoques grouillent ! » s'étaient exclamés Cook et Drake. Il n'en avait pas fallu plus pour que, dès la fin du XVIIIe siècle, d'entreprenants marins ne viennent rôder dans ces îles australes. Les peaux d'otarie à fourrure étaient appréciées en Europe, un nouveau marché s'ouvrait en Chine. Déjà la mondialisation faisait perdre la tête aux commerçants et sonnait le glas d'une vie millénaire. Quant aux éléphants de mer et aux baleines, ils pouvaient être fiers : leur graisse participait au triomphe de la mécanisation et avec elle on éclairait *al giorno* les villes européennes.

Il suffisait d'une rumeur courant dans quelques tavernes de New Bedford ou de Londres pour que l'on arme des bailles de fortune, que l'on recrute un équipage de trompe-la-mort prêts à tout et, notamment, à massacrer.

La première vague d'assaut fut celle des phoquiers américains et anglais. C'est à cette occasion que furent découvertes les Shetland du Sud, en 1819. Dès 1821, on y tuait trois cent vingt mille phoques. Puis le « blôô ! blôô ! » signalant une baleine, rendu célèbre par les aventures du capitaine Achab, se mit à retentir partout dans le sud du cap Horn.

Les marins les plus ambitieux organisaient de véritables flottilles, avec navires de reconnaissance et de ravitaillement, et établissaient des bases à terre. Les plus hardis ou les moins fortunés maraudaient d'une île à l'autre sur des embarcations dont beaucoup ne dépassaient pas quinze mètres. Les hommes, formés à la dure dans la marine de combat, n'avaient pas d'état d'âme. Ils égorgeaient.

L'océan Austral faisait payer le prix fort. La vie d'un marin valait à peine celle d'un animal. Les tempêtes, le froid, le brouillard et les glaces prélevaient leur dû, quand n'éclatait pas soudain la guerre, une guerre féroce entre deux bateaux pour le contrôle d'un territoire.

« La femme du capitaine est morte tôt ce matin de froid et de faim. Cinq marins ont décédé. Plus d'espoir. » Voilà la conclusion du livre de bord du *Jenny*, qui fut retrouvé après une errance de dix-sept ans sur l'océan, chargé de sa terrible cargaison de cadavres momifiés par le gel.

Pour chaque baril d'or blanc entassé dans une cale, combien de membres gelés, combien de phtisiques, combien de scorbutiques ? Pour chaque animal dépecé, combien de tombes oubliées, comme celles qui tapissent le fond de la baie : une croix de mauvais bois, un nom à consonance européenne, un âge qui dépasse rarement les vingt-cinq ans ?

Mais le match était biaisé. Les mammifères marins n'avaient ni fusils ni massues. Malgré les pertes humaines que l'on nommerait aujourd'hui collatérales, le massacre produisit son macabre résultat. La vie s'essouffla et déserta.

Qu'à cela ne tienne ! Si une population s'épuisait ici, on cherchait ailleurs, toujours plus loin, toujours plus au sud. Les grandes maisons, comme Enderby, à Londres, envoyèrent leurs meilleurs capitaines à l'assaut des terres inconnues. Sans nul doute, ces pêcheurs ont été les premiers découvreurs, mais le secret était de mise. Une île, un archipel inconnus valaient leur pesant d'huile et de fourrure.

Avec leurs mauvais bateaux, ils découvraient et baptisaient à tour de bras : Weddell, Palmer, Davis, autant de patronymes qui resteront inscrits, unissant à tout jamais cette nature à ses bourreaux.

Même s'ils l'écrivaient en lettres de sang, cette saga des phoquiers était héroïque. Leur science nautique, leur sens de l'observation, leur témérité n'avaient pas plus de limites que leur rapacité. Ils descendaient toujours plus au sud, ratissant les baies et les îles à la recherche d'animaux ou de mouillages. Chaque navigation était un parcours d'anthologie, une plongée dans l'inconnu et l'adversité. Qu'un chenal s'ouvre dans la glace, ils s'y précipitaient ; que la tempête les chasse, ils revenaient ; que le navire s'apprête à couler, les hommes pompaient des semaines entières sans la moindre intention de renoncer, et, quand ils arrivaient aux extrémités de leurs cartes, ils en dessinaient la suite.

L'extermination dura trente ans puis s'arrêta vers la mi-temps du XIXe siècle, faute de combattants. Les mers du Grand Sud retournèrent à leur solitude. Aucun pas, aucun appel ne troubla plus les tourbillons de neige qui s'étendirent comme un linceul sur le champ de bataille.

La deuxième vague arriva vers les années 1900.

Le « progrès » était à l'origine de ce nouvel assaut. Le Norvégien Sven Foyn porte pour l'éternité la lourde responsabilité d'avoir inventé un canon lance-harpon. Les baleines franches et les cachalots sont peu agiles et pacifiques. En outre, ils offrent l'immense avantage de flotter après leur mort. Pendant longtemps, ils furent les seules cibles des chasseurs. Le nouvel engin, vite installé sur des baleinières à vapeur, permettait d'atteindre balénoptères et mégaptères, espèces plus rapides et plus agressives qu'on avait jusque-là laissées tranquilles. La charge explosive du harpon tuait vite. On évitait ainsi la dangereuse phase d'épuisement de la bête. L'animal était ensuite ramené le long du bord par le treuil à vapeur. Et on le gonflait d'air pour qu'il flotte jusqu'à l'endroit où on allait le dépecer.

Le stock de ces animaux venant à diminuer dans l'hémisphère Nord, on se bouscula à nouveau aux portes de l'Antarctique. Déception, bon abri, devint une plaque tournante. Les Norvégiens y tenaient huit bases, les Écossais une. L'île puait la viande en décomposition, les plages ruisselaient de graisse et l'eau était rouge de sang, aux dires de Charcot. L'époque héroïque n'était plus, on parlait maintenant industrie, sites et implantations. Des centaines d'hommes s'affairaient sept jours sur sept, tâcherons du village le plus austral du monde, entre le ciel sombre et la terre noire. La baleine fut mise à contribution pour l'effort de guerre 1914-1918. Sa graisse aidait à fabriquer la glycérine des explosifs.

L'extermination scientifique produisit les mêmes effets que celle, plus brouillonne, du siècle précédent. Avant la Seconde Guerre mondiale, les stations fermèrent tour à tour, faute de ressources.

Les Anglais, qui avaient annexé Déception en 1908, prirent le relais en installant une base scientifique. Point d'orgue à l'histoire macabre de l'île, les éruptions volcaniques de la fin des années 1960 noyèrent sous la boue tous les bâtiments.

**

Malgré l'heure tardive, le ciel refuse de s'assombrir. Il s'est même éclairci lorsque le vent a fini par chasser la brume. Dans un bleu translucide, les ruines font figure de décor. Triste théâtre. Nous errons. Ici un hangar aux barriques éventrées, là une cantine ouverte à tous les vents où la cuisinière finit de rouiller. Ici encore des chambres de quatre où des traces sur les murs laissent à penser qu'y furent accrochés des calendriers coquins ou une photo du village natal.

C'est le sentiment de gâchis qui domine, bien au-delà de la réprobation ou du mépris. Ces massacreurs avaient-ils le choix ? On mourait encore de faim dans les campagnes européennes. Cette chasse n'était ni plus ni moins cruelle que toutes celles que l'homme a entreprises. La rationalité de ces boucheries n'avait rien à envier à celles que nous organisons aujourd'hui encore, sous des prétextes divers, à l'encontre d'autres espèces.

Déception porte témoignage, mais qui entend le message ? Les touristes ? Peut-être !

Les ruines se voient recyclées en attractions d'escale. À raison de trois ou quatre par jour, les *cruises ships* se succèdent. Le scénario est immuable. La chaîne n'a pas encore raclé l'écubier qu'une avant-garde se précipite armée de pelles et creuse dans le sable d'où s'échappent des fumerolles volcaniques. Un semblant de piscine se remplit bientôt d'une eau tiède et sulfurée. Les Zodiac débarquent ensuite leurs passagers : vite, on se débarrasse de son ciré, vite, on barbote en maillot de bain et vite, on fait le tour des ruines. Vite, les plus courageux grimpent au sommet de la falaise, là où une profonde échancrure permet de voir le large. Deux heures ont passé, il est temps de céder la place au *cruise ship* suivant.

Sur la plage, un manchot égaré se désintéresse de la scène, il bat des ailes par intermittence avec une lenteur qui semble calculée. Il est là, serein, là où ses pères se sont fait occire par millions : des presses les écrasaient, la briquette de manchot était un combustible abondant et gratuit. Déception est aujourd'hui son paradis. Il y pourra faire son nid de cailloux et élever ses petits pendant le trop court été austral. Les immenses silhouettes en ciré rouge qui l'encerclent ne le menacent plus que de leurs appareils photo numériques. Il semble l'avoir compris et poursuit sa méditation en dépit des gloussements admiratifs des représentants d'un quatrième âge américain.

Déception peut aussi faire la belle, pour qui sait attendre. Un coup de vent d'ouest nous oblige à nous réfugier précipitamment à l'abri d'une autre falaise. Une heure plus tard, le vent tombe. L'eau noire et hargneuse se fait miroir, le piaulement du vent qui enrageait dans la caldeira devient chuchotis. En un instant, c'est la Méditerranée. Parce qu'il est plus rare, ici, le soleil a l'air plus radieux et le ciel plus bleu. Le bateau se transforme en campement de romanichels. Le long de la bôme sèchent pêle-mêle cirés, couchettes, duvets et chaussettes.

Une partie de l'équipage part à la rencontre de la colonie de manchots à jugulaire qui affectionnent la côte au vent. L'autre moitié reste sagement à bord. Qui sait si, dans deux heures, la sarabande ne va pas recommencer ? Une île qui a vu tant de tourments doit forcément garder en son cœur de la rancune contre les humains. On peut l'admirer, mais il serait bien léger de lui faire confiance.

III

Le mouillage introuvable

Ce n'est pas un hasard si l'Antarctique fut le dernier continent découvert. Il a bien su préserver son mystère.

Par le vent, par le froid, par la nuit, par les glaces, il a longtemps repoussé les intrus. Puisque l'Amérique latine, en dérivant loin de lui, le condamnait à la solitude, seul il serait.

Et, quand il a bien fallu entrouvrir sa porte à des curieux intrépides, l'Antarctique leur a clairement signifié qu'ils n'étaient pas les bienvenus et que plus tôt ils iraient retrouver leurs douceurs tempérées, mieux cela vaudrait pour tout le monde.

Honneur au mouillage !

Ceux qui ignorent la navigation méprisent cette activité. Ils croient que, arrivé à destination, il suffit de jeter une ancre par-dessus bord ou de lancer une amarre au petit personnel de la marina.

Grave erreur !

Le mouillage est un art à part entière qui tient de la science du lien japonaise, de la géométrie non euclidienne, de la physique des frottements, de la mécanique des fluides... Or cet art est mis à rude épreuve passé le 60e parallèle. Des situations se présentent qu'aucun manuel de navigation n'a répertoriées.

Dans nos contrées, mêmes les côtes les plus rudes ont des havres où s'abriter. La Bretagne du raz de Sein offre Douarnenez, le Finistère espagnol propose Vigo. Les Hébrides écossaises ont Oban, l'Ouest irlandais Clifden...

Aucune pitié de cette sorte dans le Grand Sud.

La géographie, la météorologie et la géologie locales se sont alliées pour rendre la vie impossible au navigateur.

1. La première a dessiné des côtes chiches en creux, recoins, échancrures. La ligne du rivage va son chemin sans guère d'arabesques. Or seul un tracé tourmenté offre des refuges où se blottir. La douceur n'est pas de ce monde trop ouvert.

2. Si, rareté des raretés, une baie bien fermée se présente sur la carte, oubliez de sourire : vous éviterez des illusions douloureuses. Puisque la géographie se laisse attendrir et pèche par faiblesse, la météorologie prend vite le relais. À peine le bateau installé pour une nuit qui s'annonce tranquille, les vents entrent en scène. On sait qu'ils n'aiment rien tant que gâcher le sommeil du navigateur.

Mais ces espiègleries virent à la sauvagerie dans le Grand Sud. Sans cesse, et dans la minute, les vents changent de force et de direction. Au calme le plus inattendu succède la tempête. Un zéphyr du nordet cède soudain la place à de meurtrières rafales de suroît. Les autres vents, jaloux, se bousculent pour participer à la fête. Votre bateau ne sait bientôt plus à quel saint se vouer. Il va d'un côté, de l'autre, comme un cheval fou. Il n'a encore rien vu car il n'a pas encore relevé la tête. Pauvre de lui, d'autres vents, maintenant, lui viennent du ciel, ou plutôt des sommets des montagnes alentour. On les appelle catabatiques. La mer fume, le bateau vibre.

Dans un tel manège, que voulez-vous que fasse l'ancre ? Elle dérape, forcément. Ne reste plus qu'à quitter le mouillage. Le Grand Sud a réussi à se débarrasser de vous.

Exemple : une fois franchie la porte de l'île-cratère de la Déception, nous croyions avoir enfin trouvé l'abri. Quoi de plus paisible, *a priori*, qu'un volcan inondé, un lac de mer au milieu de montagnes forcément protectrices ?

En prime, la dernière éruption de ce volcan qu'est Déception a creusé, dans le nord du lac, une merveille de port naturel où deux bateaux et deux seuls mèneront les jours les plus tranquilles qui soient. Cet endroit de rêve a été baptisé du drôle de nom de Telephone Bay. Encore faut-il pouvoir s'y glisser. Or le vent ne donne pas toujours le droit de passage. Il s'est levé ce jour-là, 19 janvier 2006, un charmant petit suroît de trente-cinq nœuds. Impossible de se présenter dans l'exigu chenal qui conduit à la quiétude. Une demi-journée durant, ancrés à l'abri précaire d'une drôle de barrière de grès qui n'était pas sans ressemblance avec ces glaces italiennes (parfum chocolat) qu'une machine dégueule sans grâce dans le cornet gaufré, nous regarderons Telephone Bay comme Moïse la Terre promise interdite. Ajoutons tout de même, pour que cette description idyllique de Telephone ne nourrisse pas trop d'illusions, qu'un mouillage dans l'endroit ne nécessite pas moins de cinq cordages et deux heures de manœuvres.

Et lorsqu'une côte n'est plus de rocs ou de sable mais de glace, comment faire ? Le navigateur y plante tant bien que mal une ancre spéciale puis se met à prier. Il sait que s'accrocher à ce rivage instable et éphémère va ajouter encore à ses angoisses.

3. La géologie ne veut pas se montrer moins rebelle que ses sœurs géographie et météorologie. Quand, par hasard, la côte et le vent baissent la garde, elle prend le relais. De deux manières, toutes deux imparables. La première est de faire disparaître le fond. Le navigateur s'approche du rivage et n'en croit pas son fidèle sondeur : la proue touche presque la plage, cette mince ligne de sable brun qui en tient lieu, et la profondeur dépasse toujours soixante-dix mètres ! On dit de tels rivages

qu'ils sont *accores*. Accore (qui signifie « abrupt » ou « vertical ») est l'inverse d'accueillant.

La seconde stratégie défensive de l'Antarctique est plus sournoise : il offre des fonds d'apparence civilisés (de cinq à dix mètres), mais l'ancre n'y accrochera jamais car ils sont faits de roches ou de granulés friables.

On a vu des navires errer ainsi de mouillage en mouillage, et se faisant chaque fois rejeter, devenir errants puis fantômes.

IV

Melchior

Pardon pour la ponctualité ! Nous ne sommes arrivés dans l'archipel du Roi mage, Melchior, que le 22 janvier, seize jours après l'Épiphanie.

Béni soit Melchior ! Cet archipel pullule de refuges, des baies minuscules creusées dans le rocher et la glace. La plus totale quiétude y attend le navigateur. Encore faut-il l'atteindre. Melchior se cache volontiers dans les bourrasques de neige ou les bancs d'un brouillard tellement compact qu'on se demande comment les ondes du radar parviennent à le percer.

Si la carte ne ment pas, des sommets nous entourent, dont certains dépassent deux mille mètres, mais on n'en voit rien : la pointe du mât lui-même a depuis longtemps disparu dans le gris. On louvoie au sondeur. On retient son souffle. Enfin notre *Ada* débouche au paradis : un trou d'eau rien que pour soi, sans vent ni courant ni vague, en seule compagnie de gros phoques de Weddell qui lèvent un instant la tête à votre arrivée, vous baillent le bonjour et repartent dans leurs rêves, d'interminables festins de manchots si tels sont les rêves des phoques, qui peut savoir ? Qui inventera la balise, à fixer sur le dos des animaux, capable de nous renseigner sur leurs songes ?

Après des jours et des jours de violences perpétuelles, de secousses qui sans cesse vous déséquilibrent, de gîtes vertigineuses, de montagnes russes escaladées sans fin, soudain l'immobilité totale, l'horizontalité la plus parfaite. Après des jours et des jours de sifflements, de hurlements dans les haubans, de coque qui tape, d'écoutes qui grincent, de portes qui couinent, soudain le silence. Un calme à peine troublé de loin en loin par un pan de glacier qui tombe dans l'eau ou la chaîne qui râpe doucement dans le chaumard.

C'est ainsi que Melchior, fort de tous ses havres, est une base appréciée par tous les traverseurs du Drake. Soit qu'ils viennent s'y reposer après avoir affronté ses fureurs. Soit qu'ils y prennent des forces avant de se lancer à son assaut.

Melchior. Pourquoi Melchior ? Que vient faire ce mage oriental dans cet univers de phoquiers et de baleiniers ? Qui a voulu lui rendre hommage et pour quelles raisons intimes ?

Le mystère s'épaissit lorsqu'on s'aperçoit que chaque île de l'archipel Melchior a été baptisée d'une lettre de l'alphabet grec. Nous sommes mouillés dans un petit creux d'Oméga. Notre voisine la plus proche est Êta. De l'autre côté du Sound, nous pourrions aborder à Lambda et à Gamma...

Le voyageur le moins romancier ne peut s'empêcher d'imaginer. Un jour, une nuit du XIXe siècle. Ces parages ne sont pas connus. Pour raison de pêche, de science ou de conquête, un bateau s'y aventure. La vigie distingue cette famille de montagnes blanches au milieu de l'eau. Le capitaine est religieux et peut-être un peu fatigué : il voit l'Enfant Jésus partout, même par 64° sud. Pourquoi ne pas installer la crèche dans l'une de ces criques miraculeusement abritées ? Le capitaine est prétentieux : comme il vient de loin, il se prend pour un Roi mage. Nous baptiserons ce lieu Melchior, dit-il. Le capitaine est cultivé, le capitaine a fait ses humanités, le capitaine a des nostalgies. La clarté lui manque : clarté du ciel et clarté de l'esprit. Un peu de génie grec ne ferait pas de mal dans cet univers indistinct. Après avoir nommé α, β, γ des rochers, on se sent tout de suite mieux.

V

Journal d'Isabelle

Gros temps

« Olivier, ça rentre, on se casse. »

Je n'ai pas parlé fort, même pas ouvert la porte de sa cabine.

« J'arrive. »

Agnès s'habille déjà.

« Ça », c'est « le vent ». « Rentre » veut dire « se lève ».

C'était prévu, mais il rentre un peu en avance. Il est trois heures du matin, nous ne finirons pas la nuit dans ce mouillage qui pourrait devenir furieusement inconfortable. La mer déferle déjà dans l'étroit chenal d'entrée. On ne traîne pas cinq minutes.

Je démarre le moulin (comprenez : le moteur).

« Dès qu'on est sortis, la grosse à trois ris ! » (Entendez : on établit la grand-voile avec trois ris.)

Pourquoi faut-il que l'on parle plus argot par mauvais

temps ? Besoin de faire court, de créer une solidarité rassurante à travers des mots codés ?

Dehors, la neige tombe déjà à l'horizontale, portée par un nord-est de trente-cinq nœuds. Il fait jour, mais dans la brume les icebergs et les cailloux de la passe nous tombent dessus au dernier moment.

L'avantage d'un bon équipage, c'est qu'il n'y a pas à donner beaucoup d'ordres. Chacun prend sa place, tout s'enchaîne.

« Je suis à la nav'. »

Olivier s'est installé à la table à carte, veillant au positionnement, au radar et au sondeur. Moi à la barre, Agnès devant à la veille.

Trente-cinq nœuds, ça doit le faire. (Ce qui signifie : tout se passera bien.)

Le problème du skipper est d'avoir toujours un coup d'avance, surtout dans des parages aussi imprévisibles. Le vent peut brusquement augmenter, tourner. Le moteur peut tomber en panne ou une voile se déchirer. À la pointe de l'île, le courant peut se renforcer, lever une mer dangereuse. Le philosophe a beau dire que « le pire n'est pas toujours sûr », et j'aime cet optimisme grinçant, il faut toujours envisager le pire et avoir une stratégie de rechange dans sa besace.

L'autre fondamental est de connaître les limites de son bateau et de son équipage. Dans quelles circonstances la vie à bord va-t-elle devenir :

1. plutôt désagréable...
2. légèrement infernale...
3. carrément dangereuse.

Aujourd'hui, j'évalue le niveau un à trente nœuds, nous y sommes ; le niveau deux à quarante-cinq nœuds, nous y allons visiblement ; et le niveau trois à soixante nœuds, que les dieux nous en préservent. La météo n'annonce pas cela.

Mon record personnel est à quatre-vingt-sept nœuds, après quoi la girouette en tête de mât s'était envolée pour épargner mon adrénaline et je ne souhaite pas cela à mon pire ennemi.

Plus le vent monte, plus le froid devient intense, figeant les mains sur la barre. Ce sont des aiguilles de glace qui nous hachent la figure, ou du moins ce qu'il en reste entre capuche de ciré et écharpe en polaire. Il va être temps de sortir le masque de ski pour pouvoir continuer à ouvrir les yeux.

Plus que le vent, c'est la mer qui est dangereuse. Le vent fait gîter, parfois fort désagréablement, mais ne met pas un bateau en danger. La vague qui déferle libère des tonnes d'eau et d'énergie et peut venir à bout de l'obstacle le plus coriace.

Quand il lui prend une colère, courage, fuyons !

La meilleure solution, comme au judo, consiste à utiliser la force de l'adversaire et à partir en fuite avec la houle de trois quarts arrière pour tenter de surfer. Mais le surf avec un bateau de quinze mètres pesant près de vingt tonnes est un sport de combat.

Aujourd'hui, la mer est d'une couleur ardoise foncée. Les vagues sont courtes. Elles tentent de mordre comme de vilains roquets, déstabilisent le gouvernail, mais ne sont pas encore d'une taille inquiétante. À la poussée dans le dos, on sent venir les rafales, de plus en plus fortes, et le cœur accélère avec le bateau. Le sillage s'empanache, l'étrave pique dans la plume, la vague s'invite à bord. L'eau glacée s'insinue entre le col et la veste, coule le long de l'épaule comme un avertissement. Les mains jaugent la barre, les pieds pèsent sur le pont, le visage quête la force du vent, tout le corps perçoit la vibration de la coque. Je regarde, j'écoute, je sens. J'aime ces navigations où le corps vit au rythme de la mer, où la sensation en dit autant que le compas ou le speedomètre.

Sur tribord, la haute île d'Anvers est invisible dans la boucaille. Le danger du jour, ce sont les couloirs de vent violents qui pourraient être canalisés par les vallées, mais aussi les icebergs. Ceux-ci sont irréels. Ils apparaissent comme un simple halo blanc sur le ciel sombre, puis, brusquement, on voit toutes leurs dents, ils ont l'air immenses et si proches. Instinctivement, je pousse sur la barre pour passer au loin. Une voix monte de la table à carte : « Isa, va à ras de ce gros à bâbord, de l'autre côté il y a des hauts fonds. »

Olivier veille avec radar et GPS. Mes intuitions n'ont pas toujours raison.

Tout à l'heure, nous tournerons le coin de l'île. La mer s'aplatira d'un coup. La grande falaise qui en ce moment renforce le vent deviendra notre protectrice. Les rafales iront decrescendo, après quelques derniers coups de gueule. Un peu plus loin un coin de ciel bleu nous fera la promesse d'un mouillage paisible. C'est si facile, le beau temps !

VI

Animaux II

La vie ne déteste pas le froid, en tout cas elle s'en débrouille. Rien à voir avec l'exubérance des tropiques. La vie, en Antarctique, s'adapte, lentement, vaillamment. Au fur et à mesure de l'inexorable glaciation du continent, elle n'a pas cessé d'affiner de magistrales stratégies de résistance.

Ici, cette vie est cantonnée à la côte. À part quelques bactéries récalcitrantes, exceptés les hommes qui se croient toujours tout permis, le cœur du continent est le plus immense des déserts. Dans la grande chaîne du « qui mange qui », il faut obligatoirement commencer par le génial mélange eau, sels minéraux, carbone et soleil.

De ce point de vue, l'océan Austral n'est pas le plus mal loti, surtout dans la zone de divergence où la remontée des eaux profondes ramène vers la surface de quoi nourrir une abondante population planctonique. Dès le printemps, dès les premiers craquements de la banquise, le phytoplancton se met à proliférer. Aubaine pour le krill, qui s'est morfondu tout l'hiver en léchant la face intérieure de la glace. Le krill n'est pas une espèce, mais une dénomination regroupant environ quatre-vingts petits crustacés différents, dont la célèbre *Euphausia superba*, qui est peut-être l'animal le plus répandu à la surface de la planète.

Tout le monde adore le krill : du manchot à la baleine, du phoque au calmar, de l'albatros au poisson, sans oublier l'homme, qui l'utilise comme source de protéines. La densité extraordinaire de ses « essaims », longs parfois de plusieurs kilomètres, le rend visible depuis l'espace : les photos des satellites montrent de larges taches rouges au milieu de l'eau. Plus dévastateurs qu'une nuée de sauterelles, ces nuages de krill se déplacent rapidement pour se nourrir, entraînant à leur suite leurs prédateurs. Ce système simple et efficace n'est pas sans inconvénient. Que la température, l'ensoleillement ou les sels minéraux ne soient pas au rendez-vous, la chaîne alimentaire se rompt et tout l'Antarctique crie famine. Une relation a ainsi pu être établie entre la mortalité des manchots et les effets différés du phénomène d'El Niño par krill interposé.

La loi du froid et son exigence n'ont pas autorisé une grande diversité, c'est là le talon d'Achille du

Grand Sud. Une fois de plus, force et faiblesse se côtoient.

Il y a plus de vingt mille espèces de poissons dans le monde et seulement cent vingt dans l'océan Austral, malgré sa superficie.

Le froid, encore lui, ne favorise pas l'activité enzymatique indispensable à la vie. Les habitants des eaux glaciales sont donc plutôt petits, grandissent lentement et se reproduisent peu, ce qui les rend très sensibles à une pêche éventuelle. L'évolution des espèces a dû répondre à deux grands défis : l'assombrissement des eaux causé par la couverture de glace et des températures de la mer inférieures à zéro en raison de la présence de sel dissous. Qu'à cela ne tienne, la nature a multiplié les inventions.

Les bien nommés « poissons lanternes » ont le corps recouvert de photophores. Le poisson des glaces s'est doté d'un foie qui sécrète un antigel pour éviter à ses liquides internes de se changer en glace. La stratégie des éponges est encore plus étonnante : pour envoyer de la lumière aux algues commensales qu'elles abritent, leurs spicules siliceux se comportent en véritables fibres optiques.

Quand le ciel s'assombrit, quand la neige tourbillonne à l'horizontale et que l'onglée saisit le marin, il ne peut que s'extasier devant ces prouesses de l'évolution. Le vivant se maintient, envers et contre tout, même à l'extrémité du monde. Dans cet incroyable laboratoire, chaque ingéniosité de la nature mériterait un prix Nobel. L'Antarctique fascine par cette complexité biologique triomphant de tous les blizzards.

Heureux les chercheurs qui décryptent pas à pas ces adaptations prodigieuses !

QUATRIÈME PARTIE

La Péninsule

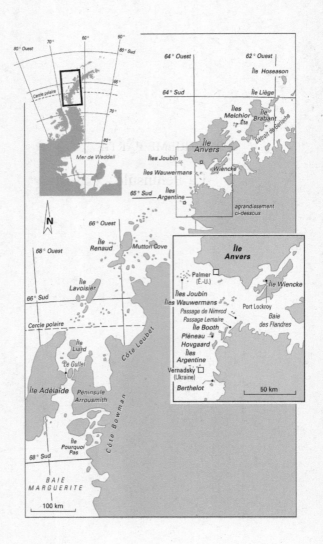

L'Antarctique est presque rond, un cercle immense, d'une régularité presque parfaite, deux baies profondes exceptées : la mer de Weddell et la mer de Ross. Seule surprise, un doigt sort de ce cercle, juste sous l'Amérique latine, un doigt de mille kilomètres replié vers le nord-est : c'est *la Péninsule*, la seule partie du continent accessible au navigateur. Ailleurs, partout ailleurs, tout au long du cercle, d'énormes boucliers de glaces flottantes empêchent d'approcher : l'*ice-shelf*.

Le versant oriental de la Péninsule ferme la mer de Weddell. À l'ouest, la Péninsule donne sur le grand large, dont les mouvements bousculent et entraînent les glaces, dégageant (souvent) la côte. Laquelle est découpée, morcelée, parsemée d'îles.

Autant de refuges, la plupart piégeux.

Au fur et à mesure qu'on descend vers le sud, les univers changent.

Le nord de la Péninsule s'apparente aux Shetland, le rocher y a encore sa place. Sitôt franchi le 65e ou le 66e parallèle, un autre royaume vous accueille où règne, sans partage, la glace.

I
Tourisme austral

Port Lockroy.
64° 49' 5, 63° 29' W.

L'époque de la découverte (et de la solitude) est bien passée. Un gros paquebot nous a précédés dans le site légendaire. Olivier, en bon capitaine au long cours, connaît le pedigree de tout ce qui flotte. Il nous donne sa fiche : construit en Allemagne de l'Est au milieu des années 1960 ; racheté par un armement norvégien ; qui le loue à une agence de voyages américaine. Nom actuel : *Marco Polo*. Cinq cents cabines. La croisière antarctique la moins chère du marché...

Ballet de gros Zodiac noirs. Vers une petite plage ils transportent les touristes, tous vêtus de la même combinaison rouge. Des agents du *Marco Polo*, reconnaissables au bleu de leurs blousons, aident les rouges à descendre. L'opération dure, les rochers glissent et les rouges sont vieux – moyenne d'âge soixante-cinq ans bien sonnés –, beaucoup s'appuient sur des cannes. Un parcours leur a été préparé, balisé par des plots de plastique jaune. Des pancartes avertissent : « Au-delà de ce point, la zone est réservée aux manchots ». La pancarte dit vrai : les manchots sont là. Les rouges s'extasient et photographient à tout va.

Un homme s'approche de nous. Massif. Lui aussi va vers la fin de la soixantaine. Bob large kaki, façon guide de chasse ou commando. Une quincaillerie pend à son cou : jumelles, couteau, énorme sifflet (orange), boussole, GPS, talkie-walkie... Il se présente : « Je viens pour la dix-neuvième fois en Antarctique, je suis le responsable technique de l'expédition. » Nous le félicitons. Il n'en fallait pas plus pour qu'il nous lance son credo.

– Le tourisme est la chance de l'Antarctique. Je vais vous raconter l'histoire d'un canyon dans le Colorado. Personne ne connaissait ce canyon. On a voulu y construire un barrage. Personne n'a protesté puisque personne ne le connaissait. On a donc construit le barrage. Le canyon a disparu. Plus de gens connaîtront l'Antarctique et plus l'Antarctique aura de défenseurs.

– Combien de bateaux venaient ici il y a vingt ans ?

– Deux, peut-être trois.

– Et cette année ?

– Trente-cinq sont prévus.

— Combien de gens débarqueront ?
— Si tout va bien, je crois que nous atteindrons quinze mille.
— Bonne nouvelle pour la défense de l'Antarctique.
— Vous avez tout compris !

Le responsable de l'expédition nous quitte, satisfait. Il a du travail. D'autres Zodiac noirs arrivent, apportant une autre fournée rouge.

Ces visiteurs-ci ont épuisé leur temps de visite. En regagnant l'embarcadère, ils peuvent se faire photographier devant une pancarte : Port Lockroy, Antarctique. Ils peuvent aussi réserver l'une des aquarelles de manchots qu'une jeune femme, peintre officielle de la croisière, vient de réaliser sous leurs yeux.

Puis tout ce petit monde rentre dans l'eau jusqu'à la cheville, lève une botte après l'autre. Des agents du *Marco Polo*, les hommes en blousons bleus, brossent, soigneusement. Ils sont tous latinos, à dominante indienne, et portent des gants orange fluo.

Nous quittons ces rivages affairés pour l'île Goudier, plus tranquille.

À la fin décembre 1943, le gouvernement britannique décide d'intégrer l'Antarctique dans sa stratégie planétaire. Il s'agit d'abord d'une diversion, faire croire à l'Allemagne qu'une action navale d'envergure se prépare dans l'hémisphère Sud. On en profitera pour surveiller l'Argentine et le Chili, dont les sympathies pronazies sont par trop manifestes. Et, tant qu'à faire, on fera comprendre aux chalutiers et aux baleiniers soviétiques que, guerre mondiale ou pas, ils n'ont pas le monopole de la pêche dans les mers australes.

« Opération Tabarin », tel est le nom de code choisi. En lui suggérant une telle appellation, un facétieux s'est-il moqué de l'Amirauté ? Tabarin évoque plus un cabaret, voire une maison close, qu'une offensive militaire dans les glaces... Toujours est-il que l'opération Tabarin est officiellement (et secrètement) lancée en février 1944. Elle consistera principalement en l'ouverture de deux bases, l'une dans l'île de la Déception (base B), l'autre ici, à Port Lockroy (base A). Huit hommes, dirigés par le commandant James Barr, y attendront tranquillement la fin du conflit en se livrant à quelques mesures météorologiques. On doute que leur rôle militaire ait été décisif.

Mais Port Lockroy renouait avec sa légende. D'autant que ce James Barr, alors qu'il était fort jeune et boy-scout, avait été emmené en Antarctique par... sir Ernest Shackleton.

Aujourd'hui, à côté du drapeau anglais, flotte sur la base une croix blanche sur fond bleu, le pavillon écossais. Car Rick Atkinson, le responsable actuel, est natif des Highlands et, six mois par an, navigue dans les Hébrides. Il aime les jardins mais préfère les chiens de traîneau qu'il a beaucoup utilisés jadis et sur lesquels il a écrit un ouvrage de référence : *Of Dogs and Men*. Sous son impulsion, la base est devenue un charmant petit musée de la vie antarctique du temps de l'opération Tabarin : une cuisine pleine de produits d'antan (Bovril, huile de foie de morue), une salle de bains (une douche toutes les cinq semaines), un bar, une sorte de laboratoire où sont entassés des instruments de mesure mystérieux et des skis antiques, des hameçons, des harpons, autant de souvenirs des *whaling days*. Comment traduire ? « Jours de baleine » ? Sur une table, une fiche donne quelques consignes aux visiteurs, dont celle-ci : *Allow fossils and rocks to remain undisturbed* (« Permettre aux fossiles et aux rochers de demeurer tranquilles [non dérangés] »).

Mais la grande fierté de Rick est son bureau de poste. Chaque année, cinquante mille lettres et cartes sont envoyées, via les Falkland, dans le monde entier, affranchies avec de jolis timbres de manchots, d'albatros ou de baleines, et tamponnées du cachet très prisé de Port Lockroy (Antarctique). Bénéfice : cent cinquante mille dollars par an, une ressource qui fait presque vivre la base.

De temps en temps, un grondement sourd se fait entendre.

– *Oh, that's a big one*, dit Rick, en voilà un gros !

Ce n'est que la glace qui vit sa vie de glace. Des morceaux énormes se détachent de la montagne voisine.

— Vous comprenez pourquoi on a appelé cet endroit Thunder Bay, la baie du tonnerre ?

Le *Marco Polo* germano-norvégio-américain a rembarqué tous ses papys et mamies. Le prochain, un paquebot russe, est annoncé, mais il n'arrivera qu'en fin d'après-midi. En attendant, la boutique est vide. L'ex-base A de l'opération Tabarin s'ennuie.

Dehors, il recommence à neiger sur les manchots papous. À force de parler de ses chers jardins de l'Argyle, la nostalgie envahit notre ami Rick. Dans la pièce à côté, il va chercher une manivelle, revient s'asseoir près du vieux gramophone. Il en remonte précautionneusement le ressort. Rick nous a oubliés. Il chante avec le soixante-dix-huit tours un air guilleret, accompagné par un banjo. Il y est question d'une fenêtre si bien lavée qu'on voit toutes sortes de choses à travers.

Les deux photos géantes, l'une d'Élisabeth II, l'autre du prince Philippe, semblent apprécier.

II
Poney tailed girl 1

Une grande fille blonde marche. Le type même de la *poney tailed girl*, la fille à queue-de-cheval, sympathique et saine. Elle marche d'un bon pas sur un chemin roulant de caoutchouc. Le chemin roule vite, la *poney tailed girl* accélère. Elle balance les bras pour tenir la cadence. Sa main droite tient une grosse boîte de plastique prolongée par une longue paille. La *poney tailed girl* n'a pas remarqué notre présence. Elle est en Nouvelle-Angleterre. Ses yeux ne quittent pas un écran géant où défilent des images d'automne dans le Connecticut ou le Maine.

Cette sportive est l'une des vingt-deux scientifiques de la base Palmer. Un nombre égal de techniciens prend en charge la maintenance des installations. Ce morceau d'Amérique est campé sur l'île d'Anvers. 64° 46' 55, 64° 03' W. À l'extérieur des bâtiments, on se croirait dans la cour d'un chantier naval, tant le matériel est riche, lourd, divers. L'intérieur est confortable : immense cuisine ouverte, grand réfectoire donnant sur la mer, salle de billard, salle de projection garnie de fauteuils profonds...

En ce qui la concerne, la marcheuse s'occupe du personnage principal de l'Antarctique, cette petite crevette nommée krill. Elle étudie l'influence du réchauffement climatique sur l'évolution des populations. Il paraît que des bateaux japonais pêchent le krill industriellement pour en faire on ne sait quoi. Mais le nombre des baleines, très gloutonnes, s'étant restreint, les crevettes n'auraient jamais été aussi nombreuses.

Les collègues savants de notre amie sont biologistes, glaciologues, météorologues, botanistes... La plupart ne viennent que l'été. L'hiver, de retour aux États-Unis, ils étudient les données collectées ainsi que les mesures qu'enregistrent les capteurs restés sur l'île d'Anvers.

Palmer est la plus petite des trois bases américaines présentes en Antarctique. La station McMurdo, sur la mer de Ross, emploie mille deux cents personnes.

C'est une fondation (National Science Foundation) qui coordonne, pour les États-Unis, les campagnes de recherches. Leur objectif est triple.

1. Comprendre le continent et ses écosystèmes.

2. Comprendre le rôle de l'Antarctique sur les processus planétaires (telles les évolutions climatiques) et, réciproquement, l'influence de ces processus sur l'Antarctique.

3. Utiliser les caractéristiques si particulières du continent pour étudier les conditions de vie dans la haute atmosphère et dans l'espace.

C'est ainsi qu'on prépare dans l'Antarctique l'exploration des confins les plus lointains de notre univers.

III

D. Island

Du mouillage succédant à la base Palmer vous n'aurez pas la position. Au sud du 60ᵉ parallèle, personne n'est propriétaire de rien, quoi qu'en pensent nos amis argentins et chiliens. Mais, notre planète se désenchantant bien assez vite, il faut laisser sa place à la découverte.

C'est Alain et Claudine Caradec, sur leur fier vaisseau *Kotick*, qui, lors d'un de leurs périples, ont inventé ce coin de rêve. Sachez seulement qu'il s'agit d'une sorte d'atoll, version australe, où des rochers gris et nus tiendraient lieu de plage de sable, les icebergs de palmiers et les rafales glacées de brise océane. La puanteur des manchots y remplace les parfums de girofle et de vanille ; les nuages ont des gris somptueux et divers qui valent bien cet imbécile de ciel tropical toujours bleu ; et le grognement de ces montagnes de graisse (les éléphants de mer) y charment l'oreille mieux que les modulations prétendument érotiques des vahinés.

Bref, le paradis.

Il a fallu s'en arracher pour se lancer sur la trace de Charcot.

IV
Journal d'Erik

Qu'est-ce qu'un marin ?

Regardant vivre Isabelle, certaines distinctions s'imposent, qui sont aussi des hiérarchies.

Innombrables sont les manières d'aimer et de pratiquer la mer. Initié tout petit par mon père à l'eau salée, je peux me considérer comme :

– *plaisancier* : rien n'égale le bonheur de louvoyer, dérive à moitié relevée, dans un des innombrables contre-courants de mon archipel de Bréhat ;

– *régatier* : par une appréciation plus fine du plan d'eau, par de meilleures manœuvres, par des trajectoires plus subtiles et plus audacieuses aux bouées, quel plaisir que triompher de vieux amis !

– *navigateur* : le mal de mer m'ayant jusqu'à ce jour épargné (touchons tous les bois possibles), nulle part au monde je n'écris mieux que sur ma couchette. Je me cale tant bien que mal entre l'équipet et la toile antiroulis, je tente d'accorder le rythme de mon crayon aux roulis, tangages et autres facéties du navire, j'allume ma lampe frontale et mon cerveau, sans doute réjoui par cette famille d'inconforts, s'emballe comme jamais.

Toutes ces activités, même ajoutées les unes aux autres, ne font pas de moi un *marin*.

Marin est celle ou celui pour qui la mer est le seul pays qui compte, le seul qui vaille. Un marin se reconnaît par les qualités suivantes :

– *l'endurance* : la mer a le temps ; il faut tenir jusqu'à ce qu'elle change de fantaisie ;

– *la force physique* : un winch jamais n'évitera de s'épuiser ;

– *la lecture (ou la prévoyance)* : la mer et le ciel sont des livres difficiles à lire ; à l'œil nu ou grâce aux instruments, le marin lit mieux que les autres et, ce faisant, prévoit ;

– *le sens de la décision rapide* : sur fond de lenteur et d'impavidité, la mer a des violences auxquelles il faut répondre vite ;

– *le génie du bricolage* : tout marin est Robinson ; le bateau est son île : il ne peut compter que sur ses propres moyens ;

– *l'art de la sieste* : le marin a fait siennes les trois vérités suivantes : 1. la nuit n'a plus de sens en mer (puisqu'elle est morcelée par les quarts) ; 2. la quantité de sommeil chaque jour nécessaire est divisible à l'infini ; 3. l'avenir nautique étant par nature incertain, mieux vaut prendre le repos qu'on peut, où et quand on le peut.

Mais l'essentiel n'est pas là. Le marin est un moraliste. En s'affrontant à la mer, il cherche sa vérité. Non celle de la mer (à jamais secrète), mais la sienne propre. Et plus il s'affronte à elle, plus sa vérité se révèle.

Corollaire 1 : celui qui ne prend pas la mer ne connaîtra jamais la vérité.

Corollaire 2 : le marin se sent, se sait supérieur à tous les autres hommes.

Corollaire 3 : le marin antarctique s'affrontant plus que tous les autres marins, il voit plus de vérité ; c'est donc le marin (l'être humain) par excellence.

Corollaire 3 *bis* : atteint au prix des affrontements les plus durs, l'Antarctique est *la* terre de la vérité.

Souvent, après des courses épuisantes tel le Vendée Globe, les navigateurs solitaires remplissent au plus vite leurs obligations médiatiques et gagnent le Grand Sud. Ils y reprennent leur dialogue avec l'Extrémité.

V
Sur la piste du grand fantôme

Gloire aux années 1880-1914 ! Avant le suicide de la Grande Guerre, l'Europe cherche, l'Europe trouve, l'Europe invente. Dans tous les domaines – physique, chimie, médecine, mécanique, électricité, communication, peinture, musique...

Cette activité inlassable et joyeuse repose sur la confiance. Plus, même, elle se nourrit d'une certitude : le progrès de la connaissance va aller s'amplifiant. Grâce à la science, un monde meilleur naîtra. L'homme, enfin libéré des obscurantismes, pourra donner sa mesure.

La famille Charcot est l'incarnation de cette effervescence. Le grand-père, Martin, commence comme charron au cœur de Paris, dans le IXe arrondissement. Vite, il devient carrossier : l'automobile ne va plus tarder. On se préoccupe déjà d'améliorer le confort et la sécurité des voitures à cheval. Martin a quatre fils. Leur âge de raison venu, il les prévient : « Je vous offre à tous les quatre une année de lycée. Seul le meilleur continuera. Je n'ai pas les moyens de faire plus. » Le meilleur sera Jean-Martin ; il deviendra médecin-chef à la Salpêtrière, l'une des sommités médicales qui soignent les grands de ce monde, les princes russes ou Jérôme Napoléon. Entre-temps, il s'est marié avec une veuve riche et son beau-père lui a offert un hôtel particulier au cœur de Neuilly.

Mais l'essentiel de sa vie n'est pas dans ces réussites sociales et mondaines. Sa passion, c'est d'explorer. Il aborde un continent inconnu dont il va s'acharner à traquer les secrets. À la Salpêtrière, il s'intéresse aux malades atteints de troubles du système nerveux, et notamment aux femmes hystériques. Freud assiste à ses cours durant l'année 1885-1886. À la mort du maître, en 1893, l'inventeur de la psychanalyse lui rendra ainsi hommage : « Avec J.-M. Charcot, surpris le 16 août de cette année par une mort brutale sans souffrance ni maladie, après une vie pleine de bonheur et de gloire, la jeune science neurologique a perdu bien trop tôt son plus grand promoteur, les neurologues de tous les pays leur maître et la France un de ses hommes les plus éminents. [Lorsque, jeune interne,] il faisait avec son médecin-chef la visite d'un des services de la Salpêtrière (bâtiment des femmes), traversant toute la jungle des paralysies, convulsions et contractures, [...] il avait coutume de dire : "faudrait y retourner et rester" et il tint parole. [...]

L'élève qui, avec lui, avait parcouru pendant des heures les salles de malades de la Salpêtrière, ce musée de faits cliniques, dont les noms et la particularité étaient dus à lui-même pour la plus grande part, cet élève était conduit à évoquer Cuvier, [...] ce grand savant qui a décrit le monde animal, entouré de la profusion des formes animales, ou bien il était conduit à penser au mythe d'Adam, qui avait dû éprouver au plus haut degré cette jouissance intellectuelle prisée par Charcot, lorsque Dieu lui avait présenté les êtres vivants du Paradis pour qu'il les distingue et les nomme [1]. »

*
* *

C'est dans un tel univers d'aisance, de culture et de labeur que grandit le fils de ce savant. Il se prénomme Jean-Baptiste.

La légende veut qu'à cinq ans il ait failli mourir noyé : le bateau qu'il s'était construit avait coulé dans la mare du jardin. Cette même trop belle légende affirme qu'il avait baptisé *Pourquoi-Pas ?* cette caisse à savon.

La vérité, c'est que ce Jean-Baptiste excelle moins dans les études (les seuls prix qu'il reçoit sont ceux de camaraderie) que dans les sports :

---

1. Sigmund Freud, *Résultats, idées, problèmes*, tome I : 1890-1920, Paris, PUF, coll. « Bibliothèque de psychanalyse », 1984, rééd. 2004.

boxe, rugby (champion de France) et voile, sa passion. Pour plaire à son père, il suit des études de médecine mais ne s'intéresse qu'au yachting. Sur la Seine, à Meulan (Cercle de la voile de Paris) ou en mer, il ne pense qu'à régater. La taille de ses bateaux progresse à mesure qu'il prend de l'âge : le *Courlis* (huit mètres trente), le *Pourquoi-Pas ?* (quinze tonneaux), un deuxième *Pourquoi-Pas ?* (une goélette de cent vingt tonneaux, d'après un plan de William Fife), un troisième *Pourquoi-Pas ?* (quatre-vingt-six tonneaux seulement, mais équipé d'un gros moteur) ; ce *Pourquoi-Pas ?* ne le satisfaisant pas, il rachète le précédent et s'en va visiter la Manche...

En 1893, son père meurt brutalement.

Fidèle à sa promesse, Jean-Baptiste poursuit ses études jusqu'à leur terme. Et le voilà maintenant approchant de la trentaine. Il est riche. Il est libre. Plus rien ne le retient de s'adonner à sa passion : il va naviguer.

De plus en plus loin, de plus en plus haut (l'Irlande, l'Écosse, les îles Féroé, l'Islande), sur des bateaux de plus en plus gros (il a vendu le *Pourquoi-Pas ? III* pour acheter *Rose-Marine*, une goélette en acier, très motorisée, de trente-six mètres de long). Le souci scientifique de ses voyages s'affirme. Le goût du froid, de la glace s'empare de lui. Et aussi celui des ciels bas, des tempêtes...

Reste à trouver une grande ambition.

Comme il revient d'Islande, la presse européenne célèbre les exploits de Gerlache.

Sur son petit bateau *Belgica* (deux cent cinquante tonneaux), cet officier de marine vient de réaliser des prouesses en Antarctique : analyses hydrographiques du Drake ; cartographie des îles Anvers et Brabant ; études de biologie marine, découverte de la richesse nutritive des eaux froides...

En février 1898, il atteint la terre Alexandre-Ier (80° sud). Pris par les glaces, prisonnier de la banquise, il va dériver jusqu'en mars de l'année suivante. Jamais avant lui aucun bateau, aucun être humain n'avait hiverné dans le Grand Sud.

Il faut dire que Gerlache avait soigneusement choisi son équipage : des scientifiques hors pair et une majorité de marins norvégiens, dont un certain... Roald Amundsen !

En apprenant ces nouvelles, le sang de Charcot ne fait qu'un tour : la modeste Belgique nous a montré l'exemple. La France lui sera-t-elle inférieure ?

Il revend *Rose-Marine* et commande au chantier du père Gautier, à Saint-Malo, un nouveau *Pourquoi-Pas ?* spécialement conçu pour la glace : une goélette de trente-deux mètres, à l'étrave renforcée par une forte pièce de bronze. Elle est prévue pour emporter soixante tonnes de vivres et cent dix tonnes de charbon. Une bonne partie de la fortune des Charcot y passe. Mais comment financer la campagne ? Les encouragements sont aussi enthousiastes que maigres les contributions.

Sans la souscription nationale ouverte par le journal *Le Matin*, jamais le budget n'aurait été bouclé. Et encore, il aura fallu rogner sur toutes les dépenses, à commencer par le moteur : acheté d'occasion, il ne cessera de tomber en panne.

Ces difficultés n'ont pas découragé le patriotisme de Jean-Baptiste. Pour bien montrer à la face du monde que son pays, soixante-dix ans après Dumont d'Urville, revient en Antarctique, il rebaptise son bateau. Au revoir le *Pourquoi-Pas ?*, bonjour le *Français*. Le Havre est enfin quitté en août 1903. À la manœuvre, des sardiniers de Douarnenez. Six scientifiques complètent l'équipage. Ils couvrent un large spectre de spécialités : hydrographie, astronomie, chimie, physique, magnétisme, météorologie, botanique, géologie, glaciologie... Une véritable arche de Noé du Savoir.

La traversée de l'Atlantique s'éternise : quatre mois pour rejoindre Buenos Aires où le gouvernement argentin prend en charge une énième réparation des machines. Escale joyeuse car Nordenskjöld les accueille, miraculeusement revenu de ses aventures.

On donnerait cher pour entendre ce que l'ancien de l'Antarctique confie au néophyte. En cette fin d'année 1903, un relais est passé.

Le *Français* s'engage dans le détroit du Drake.

Les Shetland sont atteintes, bientôt la terre de Graham.

Un siècle plus tard, nous suivons la même route.

**

– Cailloux dans 0,8 mille !
– Tu peux descendre de 45° !

De *waypoint* en *waypoint*, ces points de passage enregistrés par notre GPS, nous louvoyons. La marine a toujours eu son langage, plutôt hermétique pour le terrien ; mais le vocabulaire d'aujourd'hui se dégrade, envahi par l'anglais de cuisine et les acronymes. Une partie du plaisir de naviguer s'en va, celle que nous devions à la mystérieuse précision des expressions anciennes. Quand les mots d'amour se dessèchent, que reste-t-il de l'amour ?

Ces dizaines de rochers entre lesquels nous nous faufilons, pour un peu nous les embrasserions : ils ont le double avantage d'être indiqués sur la carte et présents juste à l'endroit prévu. À la différence des icebergs, ce sont des périls fixes. Dans l'univers ô combien incertain de l'Antarctique, de telles stabilités rassurent.

Car la chère carte nous prévient : les vastes zones qu'elle entoure de lignes pointillées sont dites *unsurveyed*.

Qu'est-ce qu'une zone *unsurveyed* ? Une note de l'Amirauté britannique, auteur de la carte (Crown copyright), nous offre une définition savoureuse dans sa tautologie hautaine : une zone *unsurveyed* est une zone qui n'a pas été *systematically surveyed*. Et, pour notre plus grande inquiétude, l'Amirauté poursuit : « Une zone où des photographies aériennes, quand elles existent, ont été utilisées pour pointer les dangers mais la présence des icebergs, si forte dans ces régions, peut cacher des dangers additionnels... Il est recommandé aux marins la plus extrême prudence quand ils naviguent dans de telles eaux. »

Et soudain la honte nous prend de nos craintes et de nos récriminations. Pour notre héros Charcot, tout était *unsurveyed* dans ces parages, puisqu'il venait justement les cartographier.

Notre bateau se fond dans le paysage : l'aluminium de sa coque est de l'exact gris des rochers.

65° 03 S, 64° 01 W.

L'archipel Wauwermans laissé à bâbord, le passage Nimrod embouqué puis brutalement quitté pour prendre à tribord toute, barre au 200, nous approchons d'une masse indistincte qui ne peut être que l'île Wandel (rebaptisée plus tard Booth Island).

Arrivés là poussés par on ne sait quels courants *unsurveyed*, des dizaines d'énormes formes blanches attendent de fondre. Nous traversons à petite, toute petite vitesse, pour ne heurter personne, ce cimetière d'icebergs. Dans la brume, il vous arrive souvent d'être traversé par des vagues incontrôlables de terreur mais aussi de sentimentalité. Il vous semble alors que ces icebergs n'acceptent pas sans protestation de disparaître. Leurs craquements sont leur façon de gémir ; et ces gouttes qui tombent en flot serré dans la mer sont des larmes.

Nul ne songerait à mouiller au milieu de ce cimetière : il y serait vite broyé.

Le seul havre est une baie minuscule, protégée de tous les côtés sauf du nord-est.

En s'approchant, on s'aperçoit que le refuge a trois places, de longues et larges encoches taillées dans le rocher comme si la nature s'ennuyait un peu de sa solitude et avait tout prévu pour recevoir de la visite. Charcot avait choisi l'encoche de droite, juste au pied de la colline.

Pour laisser en paix les nobles fantômes, nous mouillerons sur la gauche. Notre Zodiac vire et volte. Quatre bouts sont accrochés aux parois de pierre grise et l'ancre est jetée. Tous les vents peuvent souffler (sauf du nord-est).

Après les ordres agacés, les quelques cris de la manœuvre, plus aucun mot. Chacun fait silence. On n'entend que le très léger clapotis du ressac, au loin quelques glapissements de manchots. Peut-être que, faute de mieux, le brouillard et la neige se nourrissent de ces sons ténus, infimes : ils les ont presque avalés.

Des skuas passent et repassent, se demandant qui sont ces visiteurs. Des prédateurs comme eux et donc des concurrents ? Ou de la viande, si possible avariée, pour agrémenter l'ordinaire ?

Mais, pour nous, c'est d'abord la grande ombre de Charcot qui plane.

Un jour, il a décidé de s'arrêter ici.

Un 5 mars, alors que l'été s'achève, il a donné l'ordre de stopper la machine et de se préparer à l'hiver.

La brume qui s'épaissit est propice aux visions. Et la force du lieu aide à remonter le temps.

Nous sommes en 1904. Et Charcot ne va pas tarder à surgir.

C'est notre ornithologue qui met fin à l'envoûtement. Tout ce qui concerne l'espèce humaine, grands fantômes compris, l'indiffère. Seule lui importe la gent animale. Il a repéré une zone où semblent nicher des océanites. Il nous enjoint de débarquer.

Nous comprenons sa fièvre. De notre mieux, nous l'aidons dans ses comptages.

Mais le charme nous reprend vite.

Une colline domine la crique. Charcot y montait chaque jour pour méditer. Un cairn date de ce temps-là, un entassement de pierres. Charcot adorait les cairns, il en faisait élever partout. Amers, repères, signaux pour l'œil dans ces étendues infinies, cailloux du Petit Poucet, précaution pour ne pas trop se perdre...

La tête frôle les nuages. Et le regard bute sur le mur sale du brouillard.

Tels nous sommes : enfermés au bout du monde dans une boîte grise. Alors qu'il fait plein jour. Pour Charcot, la boîte était noire : il faisait nuit, la nuit perpétuelle des hivers australs... Un hiver qui ne les empêchera pas, lui et son équipe, de travailler. Ce voyage restera dans les annales comme un modèle d'expédition scientifique : de retour au Havre, le *Français* y débarquera soixante-quinze caisses d'observations, de mesures, de notes, de spécimens...

**

Charcot et les savants qui l'entouraient avaient pris la coutume, pour tuer le temps, d'échanger leurs connaissances : chacun donnait une leçon de sa spécialité. Et, aux marins volontaires, ils enseignaient les matières de base : français, calcul, langues étrangères. Jules Rouch, le météorologiste de l'équipe, lisait quotidiennement les pages à peine écrites de son grand feuilleton, *L'Amant de la dactylographe...*

Notre éducation à nous est plus nomade. Magie du disque dur, Joël Calmettes, notre réalisateur, a emporté à bord une partie de ses promenades savantes. Si bien que nous aussi avons nos cours du soir. La semaine dernière, réfugiés au milieu des glaces de l'île Melchior, nous avons suivi le pas lent d'une caravane partie de Tombouctou pour aller chercher à Taoudenni, huit cents kilomètres au nord, des plaques de sel que des esclaves découpent dans la terre à grands coups de pioche.

Ce soir, nous voilà plongés dans l'horreur de 14-18. Fait prisonnier après de terribles combats, un malheureux a perdu la mémoire. Il souffre du syndrome des barbelés. Rapatrié, il est enfermé dans un asile. Le médecin-chef s'acharne : il veut savoir l'identité de son pensionnaire. Sans succès. La photo du pauvre homme est publiée. Dix familles jurent le reconnaître et viennent le réclamer. Quand son vrai frère finit par se présenter, ces familles l'attaquent en justice. Lorsque le dernier juge en appel finit par dire le droit, le frère est mort. Octave Monjoin est seul. Il mourra de *faim* à l'asile, en 1942. Quarante mille malades mourront de faim dans les asiles d'aliénés entre 1940 et 1945. Quand la nourriture est rare, pourquoi la gâcher en la donnant à des fous ? Histoire *vraie* de celui qu'on a baptisé le « soldat inconnu vivant ».

Par l'une de ces coïncidences dont les faux hasards ont le secret, nous sommes passés de l'univers du fils, le marin (Jean-Baptiste), à celui du père, le neuropsychiatre (Jean-Martin).

VI

Charcot, de nouveau, et l'autre *poney tailed girl*

Le Grand Sud ne vous lâche pas. Il sème en vous une obsession qu'on ne peut arracher.

Charcot n'échappera pas à cette maladie d'un type particulier qu'on peut appeler *géographique*. À peine revenu, il se prépare à repartir.

De nouveau, le père Gautier est sollicité pour construire un navire encore plus grand, plus résistant : un trois-mâts barque long de quarante mètres, large de neuf, avec un tirant d'eau de quatre mètres vingt. Cette fois, on ne lésinera pas sur le moteur : cinq cent cinquante chevaux. Il s'appellera... *Pourquoi-Pas ?*, quatrième du nom.

Le plus facile est de constituer un équipage : ceux du *Français* veulent tous resigner. Des néophytes s'agrègent. Le mélange prendra du temps...

Et le 15 août 1908, devant vingt mille personnes, le bateau quitte Le Havre. De nouveau, Le Havre :

port fétiche ? Et de nouveau, la date du 15 août choisie pour un départ : est-ce pour s'attirer les bonnes grâces de la Vierge Marie, dont on fête, ce jour, l'Assomption ?

Cette seconde campagne suivra le même chemin que la première : Rio, Buenos Aires, l'île de la Déception, la baie Marguerite et l'île Petermann. C'est là qu'il est décidé de passer l'hiver 1909, en un lieu nommé Port-Circoncision car il a été découvert le 1er janvier, jour de la circoncision de l'enfant nommé Jésus.

Avant d'arriver, nous consultons le plan conçu par Charcot : il avait décidé de construire un véritable village. Le sérieux de son projet scientifique saute aux yeux.

Il n'est pas venu chercher une villégiature australe. Il se prépare à travailler dur. Le nombre des installations témoigne de la diversité des recherches : laboratoire de sciences naturelles, banc d'épreuves de résistance de l'acier à basse température, bases météorologiques, cabanes de sismographie, de l'électromètre, du magnétomètre, des thermomètres...

D'autres appellations augmentent le mystère : râteau néphoscope », l'« actinomètre de Montsouris », l'« astrolabe à prismes »... Du pur Jules Verne. Et si notre voyage n'était qu'une lecture passionnée ?

Le heurt, parfois brutal, des growlers contre la

coque nous rappelle à la dure réalité de l'Antarctique.

Nous approchons. Ici, Charcot, entre les deux pointes, avait tiré une chaîne pour tenter d'empêcher les icebergs d'entrer dans la baie. Là, un autre barrage intérieur avait été tenté. Il n'empêchera pas la houle de secouer le navire : sa quille heurtera méchamment le fond. Il s'en faudra de peu que le *Pourquoi-pas ?* ne coule.

Un siècle plus tard.
Un trio de tentes jaunes a remplacé le village.
Une silhouette s'avance.
À mesure qu'elle approche, le portrait se précise.
1. C'est une femme.
2. Tout sourire et jeune.
3. Un sosie de notre amie *poney tailed girl* de Palmer, la spécialiste du krill.

Celle-ci s'occupe avec passion des manchots papous. Arrivée dans l'île voilà un mois, elle y restera avec deux collègues encore six semaines. Parfois, les Ukrainiens de la base voisine de Vernadsky viennent apporter un soutien sur lequel nous n'aurons pas plus d'informations. Nous voilà rassurés : les *poney tailed girls* ont changé de valeurs. Adieu les Beatles ou, plus près de nous, Brad Pitt ou Leonardo DiCaprio. Il faut dire que ce dernier, dans l'un de ses rôles majeurs, s'affrontait déjà à un iceberg. La Nature est désormais le premier héros des *poney tailed girls* et sa défense leur combat.

VII

Base Vernadsky

Sur la route de Vernadsky, nombreux sont les icebergs qu'on peut prendre pour des navires.

Tantôt *Ada* s'en approche et tantôt s'en éloigne, selon l'humeur du barreur, son désir de solitude ou sa curiosité.

Mais quelle est cette grosse lueur pourpre qui vient sur nous ?

Les phoques ont beau se nourrir de krills, dont le corps est rouge et, par suite, déféquer coloré, ce qui laisse sur la glace de longues taches qui semblent du sang, ils devraient s'y prendre à des milliers pour teinter ainsi une masse tellement impressionnante.

Nous apprendrons plus tard que cet iceberg rouge est le jouet d'un milliardaire russe, un navire qui s'appelle *Giant I*. Le propriétaire aime à la fois son confort et le Grand Sud. C'est pour cela qu'il s'est offert ce gros yacht en acier renforcé de soixante-dix mètres. Rien n'est trop beau pour emmener en croisière sa très récente épouse, ex-Miss Yougoslavie. Un couple d'amis proches les accompagne. Une équipe de trente personnes veille sur le quatuor : vingt-quatre marins, deux cuisiniers, un maître d'hôtel et un cuisinier, tous deux français, un médecin masseur et un professeur de gymnastique.

Il paraît que la demande s'est récemment accrue pour ce genre de navire, qu'on appelle *explorer boat*.

***

Le groupe des îles nommé Argentine ressemble à notre archipel de Chausey : mêmes rochers bas, mêmes rivages fortement découpés, même chenal traversant ce petit peuple d'îlots comme pour y mettre un peu d'ordre. Seule différence majeure : la marée. Elle est beaucoup plus sage dans cette extrémité du monde (deux mètres) que chez nous (dix mètres).

Lorsque l'Union soviétique s'est disloquée, la sainte mère Russie allait-elle s'arroger le monopole de la recherche antarctique ? On imagine l'angoisse des savants issus des autres républiques. Par chance, les Anglais voulaient se débarrasser d'une petite base située dans les Argentine. Ils l'avaient nommée Faraday, du nom de l'inventeur du moteur électromagnétique. Ils la mirent aux enchères. Enchères non financières : ils vendaient pour un seul dollar leurs installations. Leur souci était autre : depuis trente ans, ils menaient ici des études, notamment sur la couche d'ozone et l'ionosphère. Ils confieraient les clés à ceux qu'ils jugeraient capables de continuer le travail.

La compétition fut rude. L'Ukraine fut choisie. Formidable occasion pour ce tout neuf (et très vieux), très grand (mais bien pauvre) pays d'être partie au traité et de se joindre à la recherche.

Une base est le concentré d'une réalité nationale. Nous ne sommes jamais allés en Ukraine, mais Vernadsky nous en donne la plus vive envie. Au regard de ce qu'on en peut deviner par 65° sud, il s'agit d'un pays vaillant et chaleureux qui paie avec bonne humeur et détermination le prix de son indépendance. Aucune similitude avec ce morceau de richesse américaine qu'est Palmer. Ici, pour économiser les coûts, on s'allie entre pays modestes. Par exemple, c'est un bateau péruvien qui, demain, viendra ravitailler. Le hangar ne contient pas dix Zodiac géants mais deux petits. Pas vingt moteurs de quarante chevaux chacun mais trois de neuf. Pas de salle de sport sophistiquée, pas de fauteuils de cuir pour regarder sur écran plasma l'un des deux mille DVD. Dans un coin de la cuisine, un vieux projecteur digne des frères Lumière attend d'être réparé. Dans la bibliothèque, la collection du *National Geographic* s'achève, comme par hasard, en

1994 (proclamation de l'indépendance). Elle côtoie une collection de vinyles trente-trois tours et quelques dizaines de livres russes et anglais. Des étiquettes sont censées indiquer le genre de ces livres. Par exemple à la rubrique « Comics », on peut trouver le très abscons *Finnegans Wake* de James Joyce... Le bar de Vernadsky n'est pas seulement le plus austral du monde, c'est l'un des plus chaleureux, tous continents confondus. Et le goût de la vodka qu'on y déguste à grands traits vous surprendra : elle est distillée dans la base même. Dans un louable souci de tisser de bonnes relations entre l'Ukraine et la France, nous avons quelque peu menti et nous sommes extasiés devant cette production locale. Puis nous avons donné des preuves et encore d'autres preuves de cette opinion en nous resservant sans modération aucune.

Pour accéder au laboratoire de l'ozone, il faut, dans le couloir principal, repérer une échelle noire fixée au mur entre des photos de navires dans la tempête et des schémas d'alpinisme. On grimpe. On pousse une trappe. On débouche, sous la charpente de bois, dans un grenier qui semble servir tout à la fois de débarras (amas de valises, de sacs, de caisses), de dortoir (quatre matelas posés à même le plancher et quatre sacs de couchage), de salle de sport (un vélo d'intérieur, des haltères, un banc de torture pour les abdominaux), de bar annexe (bouteilles vides de bière Corona et de gin) et, accessoirement, de bureau (deux ordinateurs allumés).

La seule décoration consiste en un patchwork d'étiquettes collées sur le contreplaqué : *Hunter's royal pork sausages*, *Hawaii star pineapples*, *Foster spinach*, souvenirs de festins de conserves.

Au bout de ce grenier, une pièce.

Là, Vladimir, un jeune chercheur de l'université de Kiev, guette l'ozone. Comme il doit effectuer des mesures régulières et fréquentes, il a préféré installer son lit près de sa lunette d'observation, un spectrophotomètre. Bien plié sur un cintre, en compagnie d'une cravate jaune, un costume gris attend on ne sait quelle cérémonie. Sur une petite table, un napperon brodé représente des bébés caniches très occupés à jouer. Et, sur le napperon brodé, deux réveils : l'un marque l'heure de l'Antarctique et l'autre, l'heure de l'Ukraine.

Lorsqu'un rayon ultraviolet du Soleil rencontre une molécule d'oxygène, il la fait exploser : en résultent deux atomes libres d'oxygène. Qui, à leur tour, vont heurter des molécules d'oxygène. O_2 devient O_3. Ainsi naît l'ozone, principalement dans la zone intermédiaire de l'atmosphère appelée stratosphère, qui s'étage entre dix et cinquante kilomètres d'altitude. Cette couche d'ozone joue un rôle essentiel : elle filtre le rayonnement ultraviolet. Sans ce filtre, tout ce qui vit sur la Terre serait brûlé.

C'est dans cette base de Vernasdky, du temps où

elle s'appelait Faraday, et dans celle de Halley (en bordure de la mer de Weddell) que les Britanniques ont découvert un trou dans cette couche d'ozone. Deux ans plus tard, un vaste programme de recherches américain, combinant des explorations aériennes de la stratosphère et des observations depuis la base terrestre de McMurdo (mer de Ross), prouvait que l'ozone était détruite par un excès de chlore, lequel venait de diverses substances moussantes, des aérosols, des détergents, etc.

Pour une fois, la communauté internationale a vite réagi. La convention de Montréal réunit cent soixante pays qui s'engagèrent à lutter contre la production et l'utilisation de ces CFC, les chlorofluorocarbones.

Est-ce la conséquence de cette prise de conscience et des efforts entrepris ? Notre ami Vladimir est optimiste. Ses dernières mesures tendent à montrer que le trou se comble.

**

Alexander Kolosov est directeur de recherches à l'université de Kharkov. Il vient pour la deuxième fois en Antarctique et son enthousiasme réjouit le cœur.

— Enfin un endroit de la Terre où l'on peut avoir accès à des phénomènes « purs », sans être gêné par des pollutions ! La sauvegarde de la flore, de la faune et de la glace n'est pas la seule raison de protéger ce continent : il est notre meilleur observatoire.

Quoique plus élevé en grade, Alexander porte les mêmes vêtements informes que Vladimir, le jeune homme de l'ozone : un vieux tee-shirt, un pantalon de survêtement et des tongs, l'uniforme de la base. Les ordinateurs de son bureau ont bien quinze ans d'âge. D'ailleurs, dans un coin, un vieux monsieur y travaille. Il a installé sur un genou une plaque de circuits intégrés et sur l'autre un manuel. Il compare l'une à l'autre, non sans mal, ses lunettes lui glissant sur le nez. Il se prénomme Sergueï. C'est lui aussi un savant, PhD en radiotechnique. Retraité, il revient bénévolement à Vernadsky pour tenter de réparer des équipements que le manque cruel de crédits empêche de remplacer. Cette frugalité ukrainienne n'empêche pas, semble-t-il, la recherche de haut niveau.

Alexander allume son ordinateur.

– Cette courbe, c'est la consommation électrique des États-Unis. Comme elle émet des ondes de soixante mégahertz, contrairement au reste du monde (cinquante mégahertz), nous n'avons pas de mal à la repérer. Et sans bouger d'ici : merci, Vernadsky ! Regardez cette chute brutale. Vous avez entendu parler de la grande panne ? La voilà !

Les yeux d'Alexander brillent. Cette petite démonstration d'espionnage le réjouit. Il a un côté enfantin que confirme son tee-shirt. En grosses lettres jaunes, on peut y lire sur fond noir : *Danger Zone Shark Alert – Sea Rescue*. Mais le sérieux lui revient vite. Sa recherche à lui consiste à profiter de l'Antarctique pour traquer les ondes électromagnétiques et notamment celles qu'émettent les éclairs des orages. Avec son équipe, il en repère plus de mille par jour. Ces mesures, débutées il y a six ans, commencent à s'accumuler. Il espère en déduire des renseignements précieux sur l'évolution du climat.

L'autre grande application de ses travaux est évidemment la communication, le suivi du trajet des ondes qui rebondissent sans fin sur l'ionosphère.

*
* *

Devant l'entrée de la base, un poteau indicateur donne la direction à suivre et le nombre de kilomètres nécessaires pour atteindre les grandes villes de la mère patrie : Kiev (15 168), Odessa (15 010), Kharkov (15 375), Sébastopol (14 750).

Cet éloignement ne semble torturer personne. Au contraire, les plus tristes de l'équipe sont ceux que le bateau de la relève va venir chercher la semaine prochaine. Comme nous a dit Alexander : « L'Antarctique, c'est le paradis de la science. Et la science suffit à la vie. » Une phrase que n'aurait sûrement pas démentie Vladimir Vernadsky (1863-1945). Il est mondialement connu pour ses travaux sur le rôle des éléments radioactifs dans l'évolution de notre planète.

Le poteau fournit d'autres informations, finalement plus impressionnantes : la base est plus proche de Buenos Aires (3 215 kilomètres) que de l'autre côté de ce continent, décidément gigantesque (McMurdo : 3 641 kilomètres ; Vostock : 3 995).

VIII
Marée

Outre la chaleureuse ambiance de sa base ukrainienne, l'archipel des îles Argentine (65° 14') offre une collection de minifjords dont les spécialistes affirment qu'ils sont les meilleurs mouillages de tout l'Antarctique.

Une fois le rituel accompli, l'ancre mouillée et les quatre bouts cardinaux accrochés aux rochers du rivage, deux spectacles s'offrent aux voyageurs. Le premier, c'est le patriotisme sourcilleux des skuas. Ces grands oiseaux prédateurs ont un comportement simple : quiconque pénètre dans le périmètre de sécurité dessiné autour de leurs nids se fera violemment attaquer. Le second, c'est la complexité des marées.

En Antarctique, le Breton méprisera volontiers les faibles amplitudes des mouvements de la mer, cinq fois moindres que chez lui. Il aura tort. Car cette modestie se combine avec une incertitude très surprenante pour le néophyte : les deux marées quotidiennes sont de très inégale importance, l'une de trente centimètres, l'autre d'un mètre cinquante. S'y ajoutent deux autres personnages, à l'humeur instable. Dans le Grand Sud, la marée n'est pas d'abord fille du mouvement des astres, comme ailleurs. Elle dépend surtout du vent et de l'atmosphère : les rafales auront vite fait de remplir une anse ; et la remontée du baromètre (c'est-à-dire une plus forte pression de l'air sur la mer) se traduira illico par une baisse du niveau de l'eau.

IX

Botanique

Le botaniste amateur qui embarque à Ushuaia doit s'attendre à des surprises. Pour le préparer quelque peu et ménager ses nerfs, nous lui proposons quelques règles de base.

1. *La frontière du Drake*

Franchir le Drake, c'est pénétrer dans un autre univers, le plus pauvre en plantes de la planète. On laisse derrière soi la Terre de Feu, qui semblait plutôt aride, mais qui abrite pourtant trois cent quatre-vingt-six plantes à fleurs. Moins de mille kilomètres plus bas, on aborde un continent qui n'en admet que *deux*.

2. *La rigueur du Sud*

Méfions-nous des fausses similitudes : derrière une même latitude se cachent des mondes qui ne se ressemblent pas. Le sud du Sud a des méchancetés que le nord du Nord ne connaît pas. L'Antarctique et ses violences commencent loin du pôle (Sud), vers 60°. Bien plus près de l'autre pôle (Nord), à 68°, l'Islande accueille trois cent vingt-neuf espèces ; à 78°, le Spitzberg en a plus de cent.

3. Le confort de la mer

On pourrait croire que personne n'arrive à vivre dans les mers qui bordent le continent. Erreur. Les algues se satisfont parfaitement des faibles températures et du très chiche rayonnement solaire. Les laminaires prospèrent et battent des records de longueur. Sur terre, la bataille est plus rude, les plantes peinent : il fait plus froid, la lumière est souvent trop vive et l'eau manque à l'état liquide.

Même si ses personnages sont infiniment moins nombreux que partout ailleurs sur notre planète, la botanique antarctique est riche de belles histoires. En voici trois. Trois aventures minuscules de l'adaptation. Trois batailles farouches pour naître et survivre, envers et contre tout.

Tantale austral

Demeurer, sans pouvoir s'y abreuver, sur la plus importante fontaine du monde... Les deux seules plantes à fleurs ici présentes, la graminée *Deschampsia antarctica* et l'espèce à coussinet *Colobanthus quitensis*, ont besoin d'eau, comme toutes les plantes. Or, du fait de la faiblesse des précipitations et de l'évaporation, l'Antarctique est un continent sec. L'eau, présente comme nul par ailleurs, est sous forme de neige et de glace.

Les plantes ne pourront vivre qu'à proximité immédiate des rares eaux liquides, c'est-à-dire des ruissellements et des mares. Encore devront-elles jouer habilement des stomates, ces petits orifices qui parsèment la surface des feuilles. Pour produire des glucides, nécessaires à la photosynthèse, les plantes doivent recevoir du CO_2 et donc ouvrir leurs stomates. Mais par ces stomates entrebâillés s'échappera dans le même temps l'humidité si péniblement accumulée. Les malhabiles à ce petit jeu se trouvent desséchées.

Jouer avec le soleil

Çà et là, sur de vastes étendues, la neige devient rouge. Le voyageur cherche toutes sortes de raisons à ce phénomène. Ailleurs, on dirait que le rocher a été peint d'orange, de jaune. Que se passe-t-il dans cet Antarctique, qui n'est, ailleurs, que noir et blanc, si blanc ?

Après enquête, la responsabilité de ces explosions chromatiques est végétale. La neige est rouge car des algues réussissent à y pousser. Le rocher est orange et jaune car des lichens sont parvenus à s'y accrocher. Et ces couleurs viennent des pigments produits par les plantes, certaines pour filtrer la lumière trop vive, d'autres pour mieux l'accueillir.

Le salut par la métamorphose

Privés d'humidité, les mousses et les lichens se dessèchent immédiatement. Et pourtant ils survivent. Quel est leur secret ? Durant ces mauvaises périodes, ils cessent toute activité, font les morts, réduisent au minimum leur métabolisme. Pour, sitôt que revient la moindre trace d'eau, ressusciter.

D'autres plantes ont des stratégies de métamorphose plus radicales encore. Durant l'été, certains micro-organismes profitent de la lumière pour réaliser normalement leur photosynthèse. Quand vient l'obscurité du long hiver, ils changent de méthode et, pour survivre, se nourrissent de leurs voisins (hétérotrophie).

X

Journal d'Erik

Pourquoi l'Antarctique ? (suite)

Une autre raison du voyage, je ne l'avais pas prévue. Elle m'a été donnée par surprise. Logique bien connue des mystiques, popularisée par Blaise Pascal : prie et tu croiras. Mets-toi en mouvement et tu comprendras pourquoi.

Cette raison d'aimer l'Antarctique m'est personnelle et de nature névrotique. Souffrant d'un vertige maladif, la montagne, même modeste, m'est interdite. La seule imagination d'une route en lacet surplombant le vide me fait défaillir. Et quant à emprunter, ne serait-ce qu'une fois, cette chose suspendue qu'on appelle téléphérique, je préférerais me suicider d'abord.

Bref, la partie haute de ma planète, je savais qu'elle était belle, sans doute la plus belle, mais je n'y avais pas droit.

En Antarctique, vous arrivez aux sommets par la mer.

Une mer certes agitée, mais qui vous évite les trop fameux lacets précédemment évoqués. Votre bateau vous transporte directement en haute montagne. La navigation, par miracle, vous a changé en alpiniste. Alpiniste assis, alpiniste sans piolet. Mais alpiniste quand même : quel autre nom voulez-vous donner à celui qui s'élève ?

J'ai connu cette exaltation en arrivant au milieu des îlots Berthelot (65° 19′ S, 64° 10′ W). Le brouillard, jusque-là opaque, soudain s'est déchiré. Je me trouvais exactement dans la sorte de lieux qui m'étaient jusque-là fermés : un lac d'altitude. À ma droite, à ma gauche, des glaciers dévalaient à leur allure imperceptible de glaciers. Face à moi, des cimes me saluaient. Il m'a semblé qu'elles ricanaient : enfin te voilà. Tu as mis le temps pour venir !

Cent fois j'avais tenté de vaincre ma terreur. Cent fois, me jurant d'y parvenir, je m'étais engagé sur une route montant vers un col. Et cent fois j'avais dû rebrousser chemin. Je ne connaissais donc des montagnes que le *pied*. Et voici que je me trouvais quelque part à mi, à tiers de la pente et non plus dans la vallée. J'avais gravi sans m'en apercevoir.

Cette impression repose sur des faits, garantis par la science elle-même. Nos continents flottent sur un magma fluide. Comme les autres corps, ils s'enfoncent lorsque quelque chose pèse sur eux. Ainsi, de sept cents mètres s'enfonce l'Antarctique, car il est recouvert par un épais manteau de glace et de neige. Ainsi, venant par mer, vous avez déjà de la hauteur, vous avez gagné sept cents mètres d'ascension.

Encore un peu d'effort, neige et glace, continuez d'enfoncer l'Antarctique. Et je pourrai, sans avoir jamais grimpé, me retrouver au sommet.

XI
Cartographier, nommer

En 1890 et vingt ans durant, les marins assez audacieux pour s'aventurer dans ces parages vont s'offrir un puissant plaisir normalement réservé à Dieu Lui-même et que la Bible décrit parfaitement dans la Genèse, page 1.

« [...] Or la Terre était vide et vague [...]. Dieu appela la lumière "jour" et les ténèbres "nuit". Il y eut un soir et il y eut un matin : premier jour[1]. »

Les explorateurs découvrent, ils inventent. Celui qui découvre un trésor est, pour la langue juridique, son « inventeur ». À leur manière, les explorateurs créent.

Bien sûr, ces terres existaient avant leur venue. Mais elles ont eu besoin de leurs voyages pour entrer dans notre connaissance.

---

1. Genèse, I, 2-5, Bible de Jérusalem.

Celui qui agrandit le monde n'est-il pas un créateur ?

Et créer, c'est distinguer. On distingue une île d'une péninsule, par exemple.

Et distinguer, c'est nommer.

Les explorateurs de l'Antarctique vont s'en donner à cœur joie, plaignant leurs confrères terriens : une fois nommés les cours d'eau et les collines, que restait-il à baptiser pour Brazza ou Livingstone ?

Ici, la Nature s'est infiniment morcelée. À chacun de ces morceaux, il faut un nom. Des milliers de noms étaient nécessaires. Tous les noms prévisibles ont été employés.

Terre Loubet et terre Fallières (présidents français) ; îles Anvers et Brabant (ville et région belges) ; passage Bismarck (chancelier allemand) ; île Hugo, mont Verne, glacier Melville (écrivains) ; île Pickwick, mont Queequeg, pic Ismail, colline Gulliver (salut à des personnages de roman) ; cap du Beau-Temps (Fair Weather : constatation étonnée) ; baie de l'Exaspération, cap du Désappointement (états d'âme) ; baie Marguerite (prénom de la seconde épouse de Jean-Baptiste Charcot) ; détroit Matha, île Wiencke (hommage à des marins disparus) ; glacier Pequod (nom de bateau imaginaire – celui de *Moby Dick*) ; îles Êta, Alpha, Bêta (lettres grecques) ; archipel Melchior (Roi mage) ; archipel Palmer (phoquier américain) ; île Lavoisier (savant décapité) ; mont Alibi (rêve de coupable) ; île

Sphinx (salut au Caire ou perplexité devant les mystères locaux) ; Small Island (le nommeur n'avait plus d'idées, son imagination s'était épuisée)...

On dirait les morceaux mélangés d'innombrables histoires, comme si le vent s'était engouffré dans la mémoire des explorateurs ou dans leurs bibliothèques et avait tout dispersé.

XII
Journal d'Isabelle

Mouillages antarctiques (suite)

Il est tard, l'heure de chercher un mouillage, même s'il ne fait pas nuit. Nous avons quitté la nuit depuis longtemps. Une petite île nous tendait les bras. Elle semblait nous promettre un sommeil paisible. D'aucun à bord, ne trahissons personne, nous avait même annoncé un amarrage à flanc de falaise avec un ruisseau de fonte pour renouveler notre provision d'eau douce. *A priori*, Mutton Cove, l'anse du mouton, incarnait le rêve même du marin fatigué. Tous les spécialistes célébraient l'endroit, à commencer par le pape Jérôme Poncet. Une encoche bien profonde dans le rocher, un U parfait, dont l'ouverture vers l'ouest est protégée, à moins de deux cents mètres, par un autre îlot, de belle stature.

Venant de Vernadsky, après dix heures de louvoyage dans le champ de glaces habituel, nous nous apprêtions déjà à fêter notre passage du 66ᵉ parallèle...

Hélas, ce jour-là, on nous avait précédés : une dizaine de gros icebergs occupaient tout entière l'anse du mouton.

Ne doutant de rien, nous tentons un remorquage pour dégager notre paradis. Échec.

De guerre lasse et parce qu'il fait calme, nous jetons l'ancre à l'entrée de la baie. Il y a du « quart de mouillage » dans l'air. Cette activité, chère aux marins antarctiques, consiste à surveiller la dérive des icebergs, tel le lieutenant du *Désert des Tartares* guettant l'invasion, qui n'arrive jamais. L'un après l'autre nous nous gelons sous la capote, l'œil fixé sur la valse lente des glaces. Leurs mouvements sont complexes. Tel que l'on croyait menaçant fait brusquement demi-tour, tel autre statique depuis deux heures se met en mouvement, tourne autour d'un cap, traverse la baie, s'approche dangereusement...

« Toi, si tu continues, je vais être obligée de réveiller tout le monde pour dégager de là... Tiens-toi tranquille, veux-tu... »

Bon prince, l'iceberg répond à l'injonction. Il ralentit, change de cap et défile sur tribord.

« Merci, mon vieux ! Merci pour les dormeurs ! »

Malgré un certain inconfort, cette veille tient du miracle. Il règne un silence immense. Le soleil a disparu, laissant des traînées roses sur la mer et vertes dans le ciel. L'obscurité ne se fait pas, mais ce n'est plus le jour. C'est une sorte d'entre-deux, un mi-jour comparable à celui d'une éclipse. Quelques cirrus immobiles diffractent la lumière. L'Antarctique est rarement aussi coloré qu'en ces semblants de nuit. Un remous, là-bas... un phoque pointe la tête, un manchot plonge, un cormoran aux yeux bleu azur revient de la pêche.

La veille se fait contemplative, méditative. Le sentiment qui domine est celui d'une admission temporaire au paradis. Quand et où une nature aussi puissante, qui peut être si hostile, fait-elle autant patte de velours ? Il faut se gaver de ce bonheur, remplir à ras bord la boîte à trésors. Un jour, bien plus tard, dans le tourbillon d'une ville du Nord, il suffira de fermer les yeux pour que renaisse la paix de ce paysage. Savoir que cet éden existe aide à vivre.

Et qui dira ce goût de veiller quand les autres dorment, d'être à côté, d'être en dehors, d'avoir entre les mains la responsabilité des corps assoupis, de sentir leur confiant abandon ? Nous sommes si loin et si seuls. Veiller au mouillage est souvent une responsabilité plus lourde encore qu'un simple quart à la mer. Mais c'est aussi la plus belle des connivences.

Dans cette solitude la nature est plus grande encore. Le bateau n'est qu'une trace incertaine, dans le recoin d'une île minuscule. L'Antarctique est là, monstrueux, massif, monumental. Il n'est ni accueillant ni hostile. Il nous renvoie à des notions de temps et d'espace qui dépassent tellement l'échelle humaine ! Il nous renvoie à nous-même, à notre capacité à comprendre, à trouver notre place, à exercer notre jugement.

Les pensées du veilleur se perdent vers les cimes dont les neiges rosissent. Le soleil à peine couché s'impatiente déjà de se relever et de nous remettre en route.

XIII
Vers la baie Marguerite

Cinq heures. Départ de Mutton Cove (66° 05').
Objectif du jour : le cercle polaire (66° 33'). Demain, après-demain peut-être, si Dieu ou toute autre puissance le veut, nous irons plus loin.

Les chiffres progressent sur le cadran du GPS. Même si nous ne courons après aucun record, gagner en latitude devient lentement mais sûrement notre obsession. « Descendre », il faut descendre (vers le sud).

La descente passe entre l'île Lavoisier et le pic Waldeck. Touchantes bouffées de France alors qu'un vent du sud s'est levé. Il pousse vers nous des glaces de toutes tailles et de plus en plus nombreuses.

66° 10'.

Tout à l'heure, Olivier s'était installé au balcon avant pour donner ses indications. Puis il a grimpé sur un tonneau. Maintenant, il est assis à mi-mât, sur la première barre de flèche. C'est le signe que, devant nous, la glace se resserre. Il faut de plus en plus de hauteur pour lire dans ce labyrinthe.

On dirait un champ de ruines. Ruines d'une ville immense. Avait-elle à l'origine cette blancheur éclatante ? Ou faut-il en féliciter la catastrophe, cause de ces ruines ? Explosion, vitrification ?

Çà et là, quelques glaces ressemblent à des animaux : des cygnes aux longs cols, une tortue endormie, deux cornes graciles qui évoquent celles des escargots. Mais ce bestiaire charmant ne dupe personne. Il n'est là que pour tromper la double inquiétude qui grandit : allons-nous pouvoir continuer d'avancer et pourrions-nous, si besoin, revenir ?

Ailleurs, les ruines paraissent plutôt celles d'une tempête : des vagues hautes et courbes – on dirait que des déferlantes ont été soudain figées. Voici qu'une tempête *solide* s'apprête à nous affronter.

D'habitude, dans la vie, nous laissons derrière nous nos ruines. Aujourd'hui, les ruines avancent sur nous, elles nous en veulent, elles ont clairement des reproches à nous faire, elles s'accumulent, elles nous encerclent.

Nous progressons lentement. Onze heures quarante-cinq. 66° 15'.

Nous longeons toujours l'île de M. Lavoisier. Les livres du bord permettent de nous rafraîchir la mémoire à son sujet. Il y a pire compagnie !

Antoine Laurent de Lavoisier, né en 1743, savant

français, l'un des créateurs de la chimie moderne. Régisseur des poudres et salpêtres. Il s'intéresse plus particulièrement à l'oxygène. Il découvre la composition de l'eau avant de commencer des travaux sur la digestion. Guillotiné en 1794.

**

S'il fait beau en Antarctique, il fait démesurément beau. Il fait beau au-dessus, au-dessous et de tous côtés.

Plus on gagne le Sud, plus on a la chance de goûter ce ciel absolument bleu et cette mer absolument calme, car un immense anticyclone chapeaute en permanence le continent. Les flâneurs que nous sommes n'attendent que lui, même s'il implique la « brise de fond de cale », pudique surnom du moteur. Notre quête a un nom : Marguerite.

Depuis près d'un mois que nous sommes en Péninsule, « faire un tour chez Margot » est devenu un leitmotiv. Marguerite Cléry, épouse Charcot, a l'immense privilège d'avoir une baie à son nom, vers le mitan de la Péninsule ; le point le plus au sud qu'ait jamais atteint un voilier de plaisance. Nous nous y verrions bien. La route de cet eldorado polaire doit contourner la grande île Adélaïde. En raison de vents contraires, nous avons renoncé à en faire le tour, c'est donc vers un très étroit passage entre Adélaïde et le continent qu'*Ada* s'engage.

Perché dans le gréement, Olivier communique par radio avec le barreur. La route entre les icebergs dépend des vents et des courants qui les ont accumulés d'un côté ou de l'autre et qui les déplacent sournoisement. Il faut anticiper sur les conditions futures qui pourraient rebattre les cartes. La glace bouge, la glace bouge vite.

La tactique rapprochée est l'apanage du veilleur à la proue. Il évalue les mouvements des plaques, la taille des passages et repère les glaces translucides les plus dures. Quant au barreur qui se démanche le cou pour mieux voir, il slalome sur ce parcours de super G, dont les portes sont parfois terriblement rapprochées. Les chocs frontaux ne sont pas les plus dangereux périls. Il faut veiller à ne pas laisser passer un gros morceau sous la coque : il pourrait endommager l'hélice. Il faut éviter, plus encore, de se faire pincer entre des growlers de forte taille. La coque d'un voilier qui revient d'Antarctique est repérable aux longues éraflures sur son antifouling, sa peinture sous-marine. Les bateaux sont presque tous en aluminium, comme le nôtre, ou en acier. Quelques bosses ne seront que les témoins de sa gloire. Gageons qu'*Ada* les exhibera au retour devant ses frères de ponton comme un grognard ses blessures. Mais notre coque et notre moteur, qui a beau être turbo, ne sont pas faits pour briser une glace trop épaisse. Encore moins pour repousser un bloc de la taille du bateau. On considère généralement qu'un pack de 3/10 (comprenez trente pour cent de la surface d'une zone recouverte par la glace) est la limite. Au-delà ne s'aventure pas un petit navire.

Avançons-nous encore ? Sans cesse nous devons partir à 120 ou 150° de la route pour contourner un obstacle.

Quand l'Antarctique est de bonne humeur comme aujourd'hui, il s'habille de blanc et de bleu. Montagnes d'un blanc éclatant, juste souligné d'un mince liseré brun quand la roche pointe son nez. Abondance de rivières de diamants bleutés (les glaciers). Sobre et chic.

Côté mer, nous avons droit à tout le nuancier : bleu pâle, bleu indigo, bleu layette, bleu teinté d'émeraude, azur, cobalt, lapis-lazuli, blanc à peine bleu, transparence de bleu.

Malgré notre enthousiasme, l'inquiétude n'est jamais loin. Les icebergs ont bien l'air posés sur cette mer calme comme des meringues inoffensives. Mais nous ne nous laissons pas prendre à cette fausse innocence. Il arrive qu'un pan entier flanche, libérant des mètres cubes et des mètres cubes de glaces. L'instant d'après, comme à regret, le mastodonte chavire. Mieux vaut ne pas s'être attardé à proximité. Sur le corps de ses ancêtres, ceux qui ont « cabané » (chaviré, selon le vocabulaire du bord), on voit l'ancienne ligne de flottaison. Ils sont tout usés, suçotés comme un vieux bonbon. Il est alors préférable de leur donner un

« bon tour » pour éviter quelques excroissances sous-marines.

Nous nous enfonçons dans le détroit. D'abord, nous ne rencontrons que de grands tabulaires aisés à contourner. Puis de petites barrières s'accumulent entre deux gros blocs. Il faut ralentir, venir doucement au contact et pousser. Ça tape, ça claque, ça griffe le long du bord. Peu à peu la glace se resserre. Nous progressons maintenant de clairière en clairière, au milieu de plaques à peine morcelées. Les indications d'Olivier deviennent plus évasives. Le « ça passe à l'aise » évolue en « ça devrait passer... ». Pour un peu on entendrait les points de suspension dans la voix. Malgré le soleil il fait froid, un froid de gueux. On ne voit du barreur que la pointe de son nez, entre le bonnet, l'écharpe et les lunettes. Le temps paraît suspendu, figé comme ce paysage. Le soleil aussi s'est immobilisé dans ce jour sans nuit. Il paraît que si l'on s'approche d'un trou noir stellaire le temps ralentit, puis s'arrête, à cause de la masse infinie de ce corps. En ce bord du monde où nous sommes, le même phénomène semble à l'œuvre. Il n'est pas en notre pouvoir d'aller plus vite. La technologie ne nous est d'aucun secours. Il nous faut composer, ruser pour négocier.

Un peu de vent se lève, à peine un zéphyr qui ridule la surface. La glace s'ébranle. Les icebergs se réveillent. Ils viennent maintenant à notre rencontre animés de mauvaises intentions. Chacun vit sa vie. Selon sa forme, sa masse immergée et émergée, sa sensibilité au vent. Il s'ensuit une sorte de bal discordant, où chacun vire et volte sur un rythme différent. Olivier a abandonné son perchoir et même le guetteur à l'avant commence à s'énerver.

« À gauche... à droite, à droite, plus vite... droite et gauche à fond à suivre... doucement... vite, vite... »

Avec le clapot naissant, la mer commence à gronder, comme au pied d'autant de falaises. À l'avant, loin du bruit du moteur, on n'entend que cette basse continue, ce sombre chant du Sud.

Le barreur n'a plus froid, il transpire même. La barre à roue s'affole d'un côté, de l'autre.

Nous échangeons quelques coups d'œil éloquents. C'est à nous seuls que revient la décision de ne pas aller trop loin dans ce monde sans secours.

Une autre fois !

Nous irons une autre fois. La dame Marguerite est une belle au bois glaçant. Elle se drape dans ses voiles d'une blancheur solide qui ne se laisseront pas entrouvrir.

Au revoir !

L'étrave tourne vers le large et nous n'avons ni remords ni regrets. Ainsi est l'Antarctique.

Il naît même un certain plaisir à savoir renoncer. L'échec crée le désir, le désir fou de revenir un jour.

Retour

Comme aucun autre continent peut-être, l'Antarctique varie les rythmes.

Tantôt il passe sans prévenir du calme à la tempête, vérifiant le dicton qui veut qu'en ces régions chaque jour voie les quatre saisons.

Tantôt il s'attarde, il se fige. Le temps du Grand Sud suspend son vol.

Vingt-trois heures. Nous remontons de la baie Marguerite dont les glaces nous ont interdit l'entrée.

À main gauche, le soleil refuse de se coucher. Il va demeurer ainsi longtemps, suspendu juste au-dessus de l'horizon, presque à toucher la mer. À peine a-t-il fini par céder, c'est-à-dire par plonger, qu'au même endroit, déjà, une ligne jaune paraît, qui s'élargit, devient bandeau. Le levant s'est agacé de voir s'éterniser le couchant. Sitôt la place libérée, il s'installe, avant même que les dernières lueurs rougeâtres n'aient disparu. Disparition et renaissance s'enchaînent. On voudrait voir, en coulisses, c'est-à-dire là-bas, vers l'ouest, comment le même soleil change si vite de rôle et de livrée.

I
Journal d'Erik

Petite chronique
d'un Drake ordinaire

Traverser le Drake

Les clippers (espèce disparue) allaient généralement d'est en ouest. Les skippers (de course) viennent le plus souvent de l'ouest.

Clippers et skippers n'ont qu'un objectif : *doubler* (le cap Horn) pour quitter au plus vite ses parages.

Les explorateurs de l'Antarctique ont un autre but et une autre obligation : *traverser* (le passage du Drake), puisque le continent blanc se trouve de l'autre côté.

Et c'est ainsi que Horn et Drake terrorisent tous les marins mais ce sont des espèces différentes de marin.

Vendredi 3 février 2006

Onze heures : départ de l'île de Pléneau, juste au sud de Port-Charcot.

En apéritif, deux heures de louvoyage, au moteur, entre les icebergs et des cailloux à fleur d'eau.

« 0,8 mille au 280, crie l'homme de la table à cartes à la femme de barre. Voilà ! Maintenant, 50 à gauche toute, pour 1 mille 2... »

Et ainsi de suite.

Allons-nous faire escale dans l'une des îles Joubin, histoire d'attendre des jours meilleurs ?

Joubin ou la fenêtre

Quel personnage considérable était donc ce Joubin pour mériter de donner deux fois son nom à des cailloux australs ?

D'abord quelques îlots, face à la pointe de Penmarc'h, (Kerguelen). Et cet archipel, juste devant nous, au sud-ouest de l'île d'Anvers.

Disons-le tout net : n'était le besoin express d'une bonne fenêtre météo, peu d'êtres humains sensés rendraient visite à ce domaine du sieur Joubin.

On dirait des collines décapitées, donc basses, entourant et protégeant mal des trous d'eau noire.

Nous avons le choix :

– ou attendre chez Joubin trois ou quatre jours une très hypothétique meilleure fenêtre ;

– ou nous contenter de la fenêtre aujourd'hui offerte.

Décision : après avoir présenté moult excuses, nous dédaignerons l'hospitalité du sieur.

Il fait froid dehors (vent glacé venu de la banquise) et dedans (six degrés). Quand il navigue à la voile seule, le bateau n'a pas de chauffage : la cheminée du poêle heurterait la bôme.

Le vent du sud-ouest souffle à quinze nœuds. Il monte à vingt-cinq vers seize heures, sitôt que nous commençons à longer vers le nord l'île d'Anvers. Mer désordonnée. Fort roulis.

Le vrai départ est donné : devant nous, six cents milles à parcourir... si notre parcours est droit. C'est-à-dire si les prévisions de la météo sont fausses : elles nous annoncent que dans deux jours un vent fort nous soufflera droit dans le nez.

Dix-sept heures : arrêt soudain des machines. Rencontre de baleines ? Il s'agit du pilote automatique. Pour une raison inexplicable, il refuse désormais de tenir un cap. Nous allons devoir barrer tout le temps.

Nouvelles du Drake

Lorsque deux voiliers australs se rencontrent au-delà du 60ᵉ parallèle, quelles conversations croyez-vous qu'ils tiennent ?

Ils commencent toujours par une question sur le Drake.

— Alors, comment fut votre Drake ? (Votre passage du...)

S'ensuit une discussion sur la météo des hautes latitudes où « tout, à tout moment peut vous tomber dessus ».

Ils abordent ensuite toutes sortes de sujets car ce sont des voiliers ouverts et curieux.

Mais, en guise de conclusion, ils demandent forcément :

— Vous prévoyez quand, votre Drake ? (Votre retour par le...)

Et se développe une autre discussion sur la météo des hautes latitudes, où...

On assortit généralement ces échanges d'exemples terrifiants :

— Sais-tu que [nom d'un voilier] est resté trente-six heures à la cape, juste devant le Horn ? Oui, pas plus tard que la semaine dernière ?

— Dis-moi, le 360 de *Balthazar*, près de Ramirez[1], c'était en 1996 ou en 1997 ?

Si bien que le voyageur le moins craintif de la mer, à peine soulagé d'avoir survécu au Drake aller, a toutes les chances de gâcher son exploration de l'Antarctique par des angoisses croissantes à l'idée du Drake retour.

---

1. Note du traducteur : *Balthazar* est un fier et solide bateau de seize mètres, skipper Bertrand Dubois, également guide de haute montagne. Un 360 est un tour complet du bateau, quille en l'air, mât en bas. Diego-Ramirez est une île au large de Horn appréciée des albatros.

Dépression

On ne peut pas dire qu'elles nous prennent en traître. La plupart naissent dans le Pacifique. Certaines même d'aussi loin que Madagascar. Et elles nous arrivent à leur pas : trente milles par heure quand elles sont jeunes, pour ralentir quand elles vieillissent.

Dimanche 5 février 2006

Notre premier quart commence, huit heures à onze heures.

Avant toute chose, consultation de la dernière carte des vents. Elle confirme les informations précédentes. « Notre » dépression devrait nous toucher au début de la nuit. Quant au vent de nordet, cadeau de l'anticyclone, il est déjà là. Il nous attend dehors avec ses vingt nœuds. Et souffle juste de l'endroit où nous souhaitons nous rendre (le cap Horn).

L'avenir s'annonce inconfortable.

Tandis que les autres dorment, nous discutons.

Erik :

– Le marin ne serait-il pas un animal *moral* ? Moral au sens chrétien d'aimer se punir. Le marin veut se faire mal. Et il ne respecte que ceux qui se font mal.

Isabelle :

– Je ne crois pas. Mais la voile apprend des choses. Et d'abord à trouver sa juste place sur notre planète. La voile apprend à respecter. Ce qui n'empêche pas de réaliser nos projets. La voile nous apprend aussi à jouer de notre intelligence. En toute circonstance, il faut se demander : que puis-je faire ? Michel Desjoyeaux a gagné le Vendée Globe le jour où le démarreur de son moteur a cédé. En tout cas, il ne l'a pas perdu ce jour-là. Il a réfléchi, il a bricolé. Exemple contraire : deux hommes traversent l'Atlantique. Ils démâtent. Au lieu d'agir, ils vont se laisser dériver. C'est embêtant, un mât qui tombe, mais pas désespéré, surtout lorsque la nourriture ne manque pas. Le bateau atteindra tranquillement les Antilles. Trop tard. L'un des deux était mort.

— Mais vous êtes de la même race que les alpinistes. Vous voulez tutoyer la limite...

— Rien à voir. Je connais beaucoup d'alpinistes. La peur ou l'attirance de la mort font partie, intimement partie de leur plaisir. Je ne dirai rien de tel chez les marins. Ils veulent que leur bateau avance. Et une bonne navigation est une navigation sans peur. Mais quand la tempête est là, il faut bien l'affronter. C'est solide, un bateau. Il ne faut le quitter qu'en toute dernière extrémité. Et cette extrémité-là, je peux en témoigner, n'arrive qu'à la suite d'un rarissime enchaînement de catastrophes. Ce n'est pas solide, une paroi de glace. Encore moins solide, un alpiniste.

Collection de nouvelles

Triste nouvelle : à 10 h 25, le 60ᵉ parallèle est franchi, ce qui veut dire que nous quittons l'Antarctique.

Bonne nouvelle, en préparation : aux alentours du

59e, nous atteindrons la ligne de convergence. Nous naviguerons donc sur des eaux moins froides.

Nous sommes déjà joliment secoués. Il paraît que « la mer n'est pas encore levée ». Attendons.

L'attente est le cœur du voyage.

Mais l'attente en mer est particulière, teintée d'angoisse. On peut, pris dans un calme, espérer du vent. Plus souvent, on redoute l'arrivée d'un coup de vent. Se changera-t-il en tempête ?

Dimanche 5, lundi 6 février

Le vent a le choix. Il pourrait souffler de n'importe où, de n'importe lequel des 360° de la rose et nous laisser avancer. Mais non, il a décidé de venir du nord, c'est-à-dire du cap Horn, le seul endroit du monde où nous voulons aller, car à tribord du cap Horn est le chemin pour rentrer chez nous.

La navigation au près serré est la pénitence du marin.

Notre cap idéal serait 360.

Nous suivons 300, 310.

Car la mer, bien sûr, s'est mise de la partie, la mer du Drake à la fois longue et hachée et croisée.

La mer et le vent sont alliés.

Pour nous ralentir, ils ont placé devant nous des milliers de murs noirs que nous devons escalader un à un, haut-le-cœur après haut-le-cœur.

Nous nous redisons le dicton : « Le près, c'est deux fois plus de route et trois fois plus de temps. » Dicton qui nous paraît bien optimiste, ces jours-ci. Sur le pont, dans les embruns glacés, vous avez bataillé trois heures. Votre quart est fini. Vous redescendez dans le carré, vous approchez de la table à cartes. Un petit écran narquois vous fait face. Le verdict du GPS est implacable : désolé, chers amis, malgré tous vos efforts, vous ne vous êtes approchés de votre but, le Horn, que de deux milles. À croire que c'est le vent lui-même qui habite l'appareil. Faute de votre véritable ennemi, vous piétineriez bien l'électronique !

Comment ne pas penser, enfants gâtés que nous sommes, au calvaire des cap-horniers d'antan ?

Dans des navires autrement inconfortables, ils devaient lutter parfois des semaines contre des vents et des froids autrement plus méchants. Un trois-mâts barque nantais, le *La-Rochejacquelin*, détient ce terrible record : du 13 octobre au 19 novembre 1909, trente-sept jours pour doubler le Horn !

Pauvres humains, doivent se dire les oiseaux qui assistent à notre combat ; l'albatros aux longs orbes souverains ; la sterne, plus aiguë, plus vive, plus joueuse, elle vire et volte, elle s'amuse quand l'albatros règne.

Notre seule espérance, c'est la *bascule*.

Au mouillage, on ne parlait que de fenêtre. En mer, on ne rêve que de bascule. Surtout quand on n'a pas bien choisi la fenêtre. Il y a bascule lorsque le vent change de direction. Il voudrait bien nous barrer la route éternellement, le vent du nord. Mais des autorités supérieures, les autorités de la Dépression, lui imposent de céder sa place, le moment venu, à son collègue vent d'ouest. Lequel deviendrait sur-le-champ notre meilleur ami : poussés par lui, nous gagnerions facilement le port. Alors, dédaignant ouvertement le GPS, nous ne nous préoccupons plus que d'un autre écran, celui qui chaque matin à dix heures nous donne la carte des vents.

— Chère, si chère carte des vents, en ce rude lundi, pourrais-tu nous réconforter un peu et nous dire dans combien de temps tu vois la bascule ?

— En fin d'après-midi, répond la carte, décidée à se montrer gentille. Le vent du nord se renforcera d'abord, puis passera nord-ouest avant de s'établir à l'ouest (modéré).

Et nous en étions à savourer ce réjouissant futur lorsque, à 13 h 45, au beau milieu du « renforcement » prévu (quarante nœuds), la drisse de trinquette brisa net. Pour en établir une autre, Agnès, notre alpiniste, tenta de monter en tête du mât. Elle abandonna vite : périlleuse ascension, le bateau bougeait trop.

Sans trinquette, pourrons-nous profiter de la bascule autant qu'il le faudrait pour parvenir au Horn ? La fenêtre est étroite, un autre vent du nord se prépare.

C'est un comble, dans le Drake : espérer du vent d'ouest, ce vent d'ouest qui s'acharnait contre les bateaux cap-horniers ! Dans les moments d'attente plutôt angoissée, on devient vite paranoïaque. Et cet après-midi-là nous trotte dans la tête cette imbécile réflexion : le vent déteste les humains. Quand les humains voulaient doubler le cap Horn, le vent soufflait de l'ouest. Maintenant qu'ils n'aiment rien tant que les voyages en

Antarctique, il souffle du sud pour nous empêcher d'aller et puis du nord pour nous interdire de revenir...

Drôle d'existence morcelée par les quarts. Des quarts qui glissent : un jour 5-8, 14-17, 23-02 ; le lendemain 8-11, 17-20... On se créé des morceaux de nuit, sans rapport avec la vraie. Naviguer vous fait retomber dans l'enfance : le délice de ces convalescences, de ces maladies où l'on alterne veille et sieste, flottant dans un autre temps que celui des horloges.

Soudain, des fracas de manœuvres. On s'agite sur le pont. Rien n'est bruyant comme une bascule. 19 h 15. Ce n'est pas encore la vraie bascule : « Mais tout va bien, nous avons de l'ouest dans le nord. »

C'est alors que le gros compas de route, celui qui monte la garde devant la barre, décide de nous lâcher. Une fantaisie s'est emparée de lui : il a perdu la boule.

Qu'à cela ne tienne, nous barrerons à l'anémomètre, qui ne donne pas seulement la force mais l'angle du vent par rapport au bateau. Comme le vent est régulier, il suffit de choisir l'angle pour tenir la direction. Merci le vent !

Mardi 7 février

Le meilleur, le plus confortable des quarts : 5 h-8 h.
Dans cent dix milles, le cap Horn.
Quinze nœuds d'ouest, mer belle.
Cours de barre : Isabelle enseigne comment, pour

garder le cap, il faut jouer des vagues et du gros poids du bateau au lieu de se laisser dominer par eux. « Tu dois montrer que tu es le patron. »

Retour du thème de la morale.

Ce que la navigation apprend ?

La liberté et la rigueur.

Quoi de plus libre qu'un bateau ? Mais quel apprentissage plus rigoureux ? En mer, tout se paie cash, et immédiatement. Une jolie manœuvre et c'est le bonheur. Une erreur et c'est la galère. Grosse erreur, grosse galère. Petite erreur, petite galère, mais galère quand même. Sur terre, un verre qu'on ne range pas, c'est du désordre. En mer, c'est un verre cassé.

Au revoir

Vingt-deux heures, le coucher du soleil commence par une vaste clarté. Cette couette grise et glacée qui depuis l'île d'Anvers nous pesait sur la tête – comment nommer « ciel » ce morne moutonnement bas, si bas que notre mât semblait à chaque instant devoir y plonger ? – cède peu à peu du terrain. Derrière nous, une bande paraît, parfaitement parallèle à l'horizon.

Un mélange éclatant de blanc, de jaune et de bleu très pâle. Ce gros trait de lumière derrière nous s'élargit, dévore le gris, lentement, non sans mal, continue de s'élargir. Et puis la nuit avale tout.

Comment ne pas imaginer, impudents comme nous

sommes, que cette lumière est l'au revoir que nous adresse l'Antarctique ?

Nous avons payé au Drake notre tribut, modeste. Il en fixe le montant à la tête du client. Pour nous, comparé à d'autres, il n'a pas exigé beaucoup.

La suite n'est que douceur.

Mercredi 8 février

Cap idéal 51°.
Cap suivi 51°.

Aucun terrien ne peut imaginer le bonheur de suivre la route directe après trois jours de divagations.

Belle mer, beau vent d'ouest qui reste sage, quinze, vingt nœuds.

La multiplication des albatros annonce la proximité des îles Diego-Ramirez où ils nichent. L'archipel surgit lentement sur bâbord, grosses masses sombres arrachées à la brume. Diego Ramirez était le chef pilote de l'expédition dirigée par les Espagnols Bartolomé García et Gozal Nodal, suite à la découverte du Horn par Schouten et Lemaire.

Nous avons quitté le royaume des icebergs. L'œil doit réapprendre l'immobilité des formes.

Une ultime avarie offrira un ultime cadeau.

De nouveau la nuit tombe. Le compas, même malade, fournissait quelques repères. Il faudra nous en passer : la lampe refuse de s'allumer. C'est donc en suivant les étoiles que notre *Ada* rejoindra la baie Nassau.

Sur la carte, le passage Mantillo s'engage à l'ouest du Horn, entre la péninsule Hardy et l'île Hermite. Pour nous, la tête en l'air, nous laisserons à bâbord le bouclier d'Orion, à tribord la Croix du Sud.

II

Puerto Toro

Avec nos amis les plus proches, nous avons signé il y a longtemps quelques traités secrets et implacables : interdiction formelle nous est faite de décrire dans nos livres ou même d'évoquer lors de conversations mondaines certains lieux magiques mais fragiles. Une fréquentation trop massive pourrait les dégrader. Attitude critiquable, certes, qui consiste à garder ses trésors pour soi seul. Et prétention ridicule : jugeons-nous donc notre influence si forte que cela puisse entraîner les foules ?

Qu'importe ! À ces traités nous nous tenons. Vous avez pu le remarquer ! Nous ne vous avons pas communiqué la situation exacte de D. Island. Et nul, de notre confrérie, ne s'aviserait non plus de mentionner B. (non loin de Tréguier, Bretagne), C. (au nord de Rozes, Catalogne espagnole) ou l'île de C. (vers le sud du Sénégal).

S'il n'était pas si loin de tout, seulement

accessible par une route montagneuse et improbable ou par des embarcations à taille humaine (un paquebot s'échouerait bien avant d'atteindre le ponton branlant), Puerto Toro aurait, sans nul doute, rejoint la liste interdite. Une crique doucement pentue, protégée de presque tous les vents, Puerto Toro, *El puerto más austral del mundo*, le port le plus austral du monde (54° 56' S, 67° 14' W), comme le proclame au visiteur nautique un panneau planté au bord de la plage.

Depuis sept semaines, n'était, parfois, l'azur clair du ciel, nous n'avons vécu qu'en noir et blanc : le blanc de la neige et des glaces ; le noir des rochers, le sombre de la mer. Voici que les couleurs, toutes les couleurs, soudain, reviennent.

Vous découvrez d'un coup à quel point elles vous manquaient. Pour un peu vous iriez les embrasser une à une : le vert des pins et des petits chênes nothofagus, le bleu du toit de la chapelle, le rouge et le jaune des maisons éparpillées sur les hauteurs, l'orange, le violet de minuscules bateaux de pêche dont les marins vous ensevelissent, en échange d'un paquet de cigarettes, sous une montagne de très goûteux crabes géants, les *centollas*.

III

L'œil de Toulouse

« Alors, là-dessous, ça se réchauffe ? »

Telle est, dans un langage plus ou moins délicat selon nos interlocuteurs, la question qui nous est mille fois répétée à notre retour.

Il y a dix ans, les premières préoccupations de nos amis eussent été différentes. Ils nous auraient interrogés sur le nombre de baleines ou la violence de la mer dans les hautes latitudes. Aujourd'hui, on s'inquiète pour la glace. D'Ushuaia à Port Lockroy ou Snow Hill, nous avons constaté des signes de changement climatique. Mais plutôt que de nous en tenir à nos impressions de voyageurs, forcément partielles et subjectives, nous nous sommes, à peine revenus, précipités à... Toulouse.

Car la ville rose, chère à Claude Nougaro, ne s'occupe pas que d'aéronautique. L'observation par satellite du ciel et de l'océan est une autre de ses spécialités. Quatre institutions, mondialement réputées, y travaillent, dont le Laboratoire d'études en géophysique et océanographie spatiales (Legos)[1].

Ce laboratoire regroupe une centaine de personnes. Frédérique Rémy, directeur de recherches au Centre national de la recherche scientifique, anime une équipe spécialisée dans la « cryosphère satellitaire ». En d'autres termes moins obscurs, elle analyse les images des calottes glaciaires fournies par les satellites et tente d'en expliquer la dynamique.

« Alors, comment va le Grand Sud ? »

Pour nous donner les nouvelles les plus « fraîches » et les plus complètes, personne n'était plus compétent que cette jeune dame très savante, auteur de l'ouvrage de référence[2].

Les images satellitaires sont formelles. En Arctique et au Groenland, la hausse continue des températures entraîne des fontes qui pourraient devenir irréversibles. En Antarctique, on ne constate un réchauffement que dans deux régions de cet immense continent. D'abord dans la Péninsule : quatre-vingt-sept pour cent de ses glaciers ont reculé depuis dix ans. Et plus bas, dans la

---

1. Avec le Centre national d'études spatiales, Météo-France et le Service hydrographique et océanographique de la marine.

2. Frédérique Rémy, *L'Antarctique. La mémoire de la Terre vue de l'espace*, Paris, Éditions du CNRS, 2003.

partie occidentale (terre Mary-Byrd, terre Édouard-VII), des taches bleu nuit sur les cartes indiquent que la couche glaciaire s'amincit. Ailleurs, partout ailleurs, cette couche est stable ; elle aurait même tendance à épaissir sur les bordures orientales.

Ainsi, les dérèglements climatiques du reste de la planète ne semblent pas affecter le Grand Sud. Pour le moment, le courant circumpolaire continue de jouer son rôle d'isolement et de protection. L'Antarctique vit sa vie, à son rythme. Son temps n'est pas le nôtre mais celui des anciennes glaciations.

« D'où vient cette étrange attirance, si puissante, si tenace pour ces régions polaires qu'après en être revenu on oublie toutes les fatigues physiques et morales pour ne songer qu'à retourner vers elles ? »

Jean-Baptiste CHARCOT.

Bibliographie

La bibliographie de l'Antarctique est infinie. Nous ne pouvons toute l'emporter en voyage sous peine de faire couler *Ada*. Voici les quelques livres qui nous ont accompagnés, guidés sur les traces de nos illustres prédécesseurs, appris les principes de base de la grande mécanique australe.

Salut d'abord aux cartes et aux cartographes, et révérence à l'irremplaçable guide de navigation, l'*Antarctic Pilot*.

Antarctic Pilot, Admiralty Sailing Directions, Admiralty Nautical Charts & Publications, 2004.

Célébrés soient nos anciens !

Otto Nordenskjöld, *Au Pôle antarctique*, Paris, Flammarion, 1905.
Ernest Shackleton, *L'Odyssée de l'*Endurance. *Première tentative de traversée de l'Antarctique, 1914-1917*, Paris, Phébus, 1992, rééd. 2000.

Jean-Baptiste Charcot, *Le Français au pôle Sud*, Paris, Éditions de l'Aube, 1997.

Jean-Baptiste Charcot, *Le Pourquoi-Pas ? dans l'Antarctique. 1908-1910*, Paris, Arthaud, 2003.

Benoît Heimermann, Gérard Janichon, *Charcot. Le gentleman des pôles*, Ouest-France Éditions, 1991.

Gratitude à Jean-René Vanney, l'auteur d'une véritable bible.

Jean-René Vanney, *Histoires des mers australes*, Paris, Fayard, 1986.

Et merci à tous les autres.

Emmanuel Hussenet, *Rêveurs de pôles*, Paris, Le Seuil / 7e Continent, 2004.

Bertrand Imbert, *Le Grand Défi des pôles*, Paris, Gallimard, 1987.

Gérard Janichon, Damien. *Du Spitzberg au cap Horn*, Paris, Arthaud, 1973.

Gérard Janichon, Damien. *Icebergs et mers australes*, Paris, Arthaud, 1974.

Brigitte Lozerech, *Sir Ernest Shackleton. 1874-1922, grandeur et endurance d'un explorateur*, Paris, Éditions du Rocher, 2004.

David McGonigal, Lynn Woodworth, *Antarctique, le continent bleu*, Paris, Nathan, 2004.

Frédérique Rémy, *L'Antarctique. La mémoire de la Terre vue de l'espace*, Paris, CNRS Éditions, 2003.

Paul-Émile Victor, *L'Homme à la conquête des pôles*, Paris, Plon, 1962.

Table

Journal d'Isabelle. Pourquoi l'Antarctique ? .. 9
Journal d'Erik. Pourquoi l'Antarctique ? 13

PREMIÈRE PARTIE
OÙ COMMENCE LE GRAND SUD ?

I. Rio Gallegos	19
II. Ushuaia	21
III. Puerto Williams	33
IV. Journal d'Isabelle. Un bateau, un équipage	39
V. Vocabulaire	49
VI. Le Drake	51
VII. Journal d'Isabelle. Autonomie	59
VIII. Frontières de vent. Entretien avec Pierre Lasnier	63
IX. Frontières d'eaux I : la convergence	71
X. Frontières d'eaux II : le courant circumpolaire	75

XI. Le signal des oiseaux, l'écho
des fantômes 81
XII. Journal d'Erik. Vive la communauté
internationale ! 89

DEUXIÈME PARTIE
MER DE WEDDELL

I. Le peuple des icebergs 99
II. Bahia Esperanza 107
III. Nordenskjöld 111
IV. Journal d'Erik. Portrait de la peur 121
V. Animaux I 123

TROISIÈME PARTIE
LES SHETLAND DU SUD

I. L'île de l'Éléphant 137
II. Déception 149
III. Le mouillage introuvable 161
IV. Melchior 167
V. Journal d'Isabelle. Gros temps 171
VI. Animaux II 175

QUATRIÈME PARTIE
LA PÉNINSULE

I. Tourisme austral	183
II. *Poney tailed girl* 1	189
III. D. Island	193
IV. Journal d'Erik. Qu'est-ce qu'un marin ?	195
V. Sur la piste du grand fantôme	199
VI. Charcot, de nouveau, et l'autre *poney tailed girl*	211
VII. Base Vernadsky	215
VIII. Marée	225
IX. Botanique	227
X. Journal d'Erik. Pourquoi l'Antarctique ? (suite)	231
XI. Cartographier, nommer	235
XII. Journal d'Isabelle. Mouillages antarctiques (suite)	239
XIII. Vers la baie Marguerite	243

RETOUR

I. Journal d'Erik. Petite chronique d'un Drake ordinaire	255
II. Puerto Toro	269
III. L'œil de Toulouse	271
Bibliographie	277

Isabelle Autissier
au Livre de Poche

L'Amant de Patagonie n° 33032

1880, alors que l'évangélisation décime le Nouveau Monde. Emily est envoyée en Patagonie en tant que « gouvernante » des enfants du révérend. Elle qui ne sait rien de la vie découvre la beauté sauvage de la nature, les saisons de froid intense et de soleil lumineux, toute l'âpre splendeur des peuples de l'eau et de la forêt. La si jolie jeune fille, encore innocente, découvre aussi l'amour, avec Aneki, un autochtone yamana. Alors, sa vie bascule. Réprouvée, en marge de la civilisation blanche, Emily fugue, rejoint Aneki et croit vivre une passion de femme libre. Jusqu'au drame.

Seule la mer s'en souviendra n° 32070

En 1969, Peter March, un père de famille, bon marin et amateur de défis, se lance dans l'aventure : participer à sa première course en solitaire, autour du monde et sans escale. Pas seulement pour y inscrire le nom de *Sailahead*, le trimaran révolutionnaire que cet électronicien fantasque a construit de ses mains.

Mais pour la gloire. Pour s'inventer un destin. De déceptions en accidents, seul face à la mer, Peter March fabrique le plus fascinant des mensonges commis sur un voilier : il invente sa position. S'inspirant de son expérience de navigatrice en solitaire autant que d'un fait divers célèbre, Isabelle Autissier raconte l'affrontement fascinant entre un homme et l'océan, entre la raison et la folie.

Soudain, seuls n° 34322

Un couple de trentenaires partis faire le tour du monde. Une île déserte, entre la Patagonie et le cap Horn. Une nature rêvée, sauvage, qui vire au cauchemar. Un homme et une femme amoureux, qui se retrouvent, soudain, seuls. Leurs nouveaux compagnons : des manchots, des otaries, des éléphants de mer et des rats. Comment lutter contre la faim et l'épuisement ? Et si on survit, comment revenir chez les hommes ? Un roman où l'on voyage dans des conditions extrêmes, où l'on frissonne pour ces deux Robinson modernes. Une histoire bouleversante.